英語變話無窮

英文雙關語 A~Z

作者 | **Kazuo Toyoda**

如果你看英文電影老是不懂笑點在哪裡，
如果你常聽不懂一語雙關而把場子搞冷，
那麼你絕對要搞懂**英文雙關語**！

國家圖書館出版品預行編目資料

英語變話無窮——英文雙關語A~Z ＝ Punctionary ／
Kazuo Toyoda 著. --初版. -- 〔臺北市〕；寂天文化,
 2008〔民97〕面 ； 公分

ISBN 978-986-184-334-6 （25K平裝附光碟片）
1. 英語 2. 讀本
805.18 96020185

英語變話無窮——英文雙關語A~Z
Punctionary

作	者	Kazuo Toyoda

製	作	語言工場
出	版	寂天文化事業股份有限公司
電	話	02-2365-9739
傳	真	02-2365-9835
網	址	www.icosmos.com.tw
讀者服務		onlineservice@icosmos.com.tw

出版日期 2008年6月 初版二刷
郵撥帳號 1998620-0 寂天文化事業股份有限公司
 *劃撥金額900(含)元以上者，郵資免費。
 *訂購金額900元以下者，若訂購一本請外加郵資40元。
 訂購兩本以上，請外加60元。
 〔若有破損，請寄回更換，謝謝。〕

　　Punctionary 是用「**pun**」（雙關語）加上「**dictionary**」（辭典）所創造出來的新字（coined word）。本書是專為想領略英文雙關語的樂趣，並自己嘗試開口說雙關語的朋友們，所編輯的一本英語雙關語大全。

　　十幾年前，作者在日本千葉縣教書時，認識了一位原本住在東京，後來搬到千葉的美國人。當時那位美國人說：「It's Chiba（千葉）.」但作者卻一點反應也沒有，使得美國人也露出尷尬的表情。後來，作者才猛然想到，原來對方說的是「It's Chiba.」和「It's cheaper.」的雙關語，意指住在千葉比較便宜。

　　對母語非英語的人士來說，要在瞬間心領神會英文雙關語，的確是一件相當困難的事。

　　演講時，經常會用簡單的笑話作為開場白，但並非每個人都能急中生智，臨場想出令人發噱的笑話。因此，還是必須根據演講的主題、場合、聽眾，事前準備適合的笑話題材才行，在這種場合，雙關語就是一種最容易緩和氣氛，並引人開懷大笑的笑話了。

　　除了演講之外，英文影集中的雙關語，也常成為令人印象深刻的經典對白，而日常生活的交談中，雙關語也可以是無傷大雅的氣氛潤滑劑。

閱讀由作者精心選輯的本書，必能讓您對雙關語的箇中奧妙有所領略，也能了解英文語言中可供把玩轉換，製造樂趣的地方，把玩英文雙關語，讓您輕鬆學英語。

■什麼是 Pun？

《牛津英語辭典》（*Oxford English Dictionary*）對 Pun 所做的定義如下：

Using of a word in such a way so as to suggest two or more meanings or different associations, or the use of two or more words of the same or nearly the same sound with different meanings, so as to produce a humorous effect; a play on words.

意即：

(1) 運用一個單字，來同時指涉兩個以上的意思或聯想。

(2) 運用兩個（或以上）不同字義的同音字或諧音字，來達到幽默的效果。

(3) 文字遊戲。

然而，在英語的世界裡，「pun」也被稱為「the lowest form of humor」（最低級的幽默）或是「the lowest form of wit」（最低級的機智）等，看來世人對它的評價似乎不高。不過，也有人認為它卻是一種相當討喜的語言，如以下的幾句評語：

* A pun is the lowest form of humor—when you don't think of it first. *—Oscar Levant*

   雙關語是最低級的笑話——在你一開始沒想到的時候。

* Of puns it has been said that those who most dislike them are those who are least able to utter them.

   —Edgar Allen Poe

   說到雙關語，據說，最不會說雙關語的人，最討厭雙關語。

■本書的 Pun 分類

本書分為兩大部分，第一部分是根據單字，而產生的雙關語或諧音，第二部分則是根據諺語引申出來的雙關語。第一部分將雙關語分為八類，分類如下：

1 同音同字：如 address 有「演說」和「住址」的意思。

2 同音異字：如 sun 和 son、hair 和 hare。

3 字首異音：如 haste 和 waste。

4 字尾異音：如 cake 和 Kate。

5 拆字分析：如 a nice day 和 an ice day。

6 相近發音：如 dance 和 dunce。

7 對比單字：如 life 和 death。

8 相關單字：如 collar、shirt、tie 等。

以上所舉的例子，均可在書中看到。

■本書範例

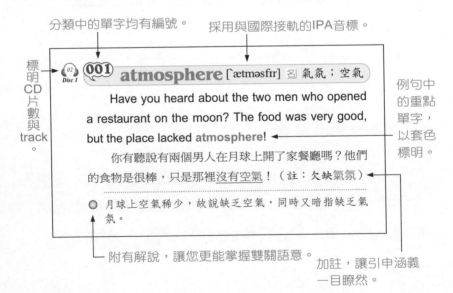

分類中的單字均有編號。

採用與國際接軌的IPA音標。

標明CD片數與track。

001 atmosphere [ˋætməsfɪr] 名 氣氛；空氣

Have you heard about the two men who opened a restaurant on the moon? The food was very good, but the place lacked **atmosphere**!

你有聽說有兩個男人在月球上開了家餐廳嗎？他們的食物是很棒，只是那裡沒有空氣！（註：欠缺氣氛）

○ 月球上空氣稀少，故說缺乏空氣，同時又暗指缺乏氣氛。

例句中的重點單字，以套色標明。

附有解說，讓您更能掌握雙關語意。

加註，讓引申涵義一目瞭然。

■本書 IPA 音標說明

IPA 音標，為國際音標協會（The International Phonetic Association）所制定之音標系統，較 K.K.音標更具國際普遍性。然因語言為一活用之溝通工具，使用英語的人口眾多，地區幅員廣大，故每個單字的 IPA 音標拼法，也未能統一。

而本書之音標，採用與國際接軌的 IPA 系統，並顧及台灣地區以美式發音為主，故採用 IPA 中的美式音標拼法，出自 *Cambridge Advanced Learner's Dictionary*。其音標符號與本書中的音標對照表略有差異，但相信不影響您學習之趣，特此說明之。

寂天編輯部

IPA 音標說明

Consonants			Vowels		
p	/piː/	pea	*Short Vowels*		
t	/tiː/	tea	ɪ	/bid/	bid
k	/kiː/	key	ɛ	/bɛd/	bed
b	/biː/	bee	a	/bad/	bad
d	/daɪ/	dye	ʌ	/bʌd/	bud
g	/gaɪ/	guy	ɒ	/pɒt/	pot
m	/miː/	me	ʊ	/pʊt/	put
n	/njuː/	new	ə	/ə`baʊt/	about
ŋ	/sɒŋ/	song			
θ	/θɪn/	thin	*Long Vowels*		
ð	/ðɛn/	then	iː	/biːd/	bead
f	/fan/	fan	ɑː	/hɑːm/	harm
v	/van/	van	ɔː	/ɔːl/	all
s	/siː/	see	uː	/buːt/	boot
z	/zuːm/	zoom	ɜː	/bɜːd/	bird
ʃ	/ʃiː/	she			
ʒ	/beɪʒ/	beige	*Dipthongs*		
tʃ	/iːtʃ/	each	eɪ	/beɪ/	bay
dʒ	/ɛdʒ/	_edge	aɪ	/baɪ/	buy
h	/hat/	hat	ɔɪ	/bɔɪ/	boy
l	/leɪ/	lay	aʊ	/haʊ/	how
r	/reɪ/	ray	oʊ	/goʊ/	go
j	/jɛs/	yes	ɪə	/bɪə(r)/	beer
w	/weɪ/	way	ɛə	/bɛə(r)/	bare
			ʊə	/pʊə(r)/	poor

Notes

1. The stress mark (') is placed before the stressed syllable (*eg* fizzle /'fɪzəl/)
2. The symbol '(r)' is used to represent *r* when it comes at the end of a word, to indicate that it is pronounced when followed by a vowel (as in the phrase *fritter away* /frɪtər ə'weɪ/).

K.K. 與 IPA 音標對照表

Consonants 子音／輔音			**Vowels** 母音／元音		
K.K.	**IPA**	**範例**	**K.K.**	**IPA**	**範例**
b	b	book	i	i:	keep
d	d	day	ɪ	ɪ	ill
ð	ð	that	ɪ	i	funny
dʒ	dʒ	jog	ɪ	ɪ, ə	acid
f	f	four	ɛ	e	red
g	g	gain	æ	a	bad
h	h	hot	ɑ	ɑ:	art
j	j	yell	ɑ	ɒ	pot
k	k	key	ɔ	ɔ:	cause
l	l	let	ʊ	ʊ	sure
m	m	aim	ʊ	u	actuality
n	n	sun	jə	ʊ, ə	ambulance
ŋ	ŋ	song	u	u:	soon
p	p	pet	ʌ	ʌ	cut
r	r	rice	ɝ	ɜ:	girl
s	s	sue	ə	ə	as
ʃ	ʃ	shine	ɚ	ə	future
t	t	tea	e	eɪ	frame
tʃ	tʃ	change	o	əʊ	joke
θ	θ	thing	aɪ	aɪ	fine
v	v	van	aʊ	aʊ	now
w	w	will	ɔɪ	ɔɪ	annoy
k	x	loch	ɪr	ɪə	near
z	z	zeal	jɚ	iə	peculiar
ʒ	ʒ	usual	ɛr	ɛə	air
			ʊr	ʊə	poor
			ʊə	uə	gradual
			eɚ	eɪə	player
			oɚ	əʊə	lower
			aɪr	aɪə	fire
			aʊɚ	aʊə	flower
			ɔɪɚ	ɔɪə	employer

* K.K.音標為美國兩位語言學家 John S. Kenyon 和 Thomas A. Knott 共同研究，故取二人姓氏第一個字母而簡稱為 K.K.音標，特點是按照一般的美國讀法標音。

Part *1*

單字

001 account [ə`kaʊnt] 名 報導；帳單

Friend: That wasn't a **big account** of your daughter's wedding in the paper this morning.

Father: No, the **big account** was sent to me.

友人：今天早報上你女兒婚禮的報導，篇幅不是很大耶。

父親：沒錯，巨額帳單是寄到我這裡的。

○ 這是 account「記事、報導」和「帳單」兩種意思的雙關語。

002 across [ə`krɑːs] 副 穿越

A stout lady came to the policeman and said, "Could you **see** me **across** the street?"

The policeman replied, "Lady, I could see you a mile away."

一位漢草很好的女士走向警察說：「你能護送我過馬路嗎？」

警察回答：「小姐，一哩之外我就看得到妳了。」

○ see somebody across something 有「護送……過……」和「看見某人在某處的對面」的意思。警察以為對方是在問「你有看到我在對面嗎？」

003 **address** [ə`dres] 名 地址；演講

"Say, do you know Lincoln's Gettysburg **Address**?"

"No, I didn't know he moved."

「喂，你聽過林肯的蓋茨堡演講嗎？」

「沒有。我不知道他搬家了。」

○ address 有「地址」和「演講」的意思。Gettysburg Address 是美國第十六任總統林肯（Abraham Lincoln, 1809-65）在南北戰爭的激戰地蓋茨堡，所發表之闡述民主主義根基的著名演說。

004 **after** [`æf͵tɚ] 介 在……之後 副 跟隨

"Is the doctor in?" 醫生在嗎？

"No, he stepped out for lunch." 不在，他出去吃午餐了。

"Will he be in **after** lunch?" 午餐後他會在嗎？

"Why no, he went out **after** it." 不會，他去追午餐了。

○ after 有「在……之後」和「跟隨」的意思，因此回答「去追午餐怎麼會回來？」。

005 **answer** [ˋænsɚ] 動 應門；回答

"Charlie! **Answer** the door!" 查理！去開門！

"Hello, door." 門，你好！

○ 把 answer the door（應門）當成是「回答門」。

006 **arm** [ɑːrm] 名 手臂　動 武裝

Never attack an octopus—they're always well **armed**.

千萬不要去攻擊章魚——牠們都是全副武裝的。

○ arm 有「肢、足」和「武裝」的意思。octopus 原為希臘文，為「八隻腳」之意。

007 **art** [ɑːrt] 名 藝術；技術

"The **art** that steals the **art**," the thief remarked as he slid an expensive oil painting under his coat.

雅賊將一幅名貴的油畫藏在外套底下，說道：「這是偷竊藝術品的技術。」

○ 第一個 art 是指「技術」，第二個 art 指「藝術品」。

008 **atmosphere** [ˋætməsfɪr] 名 氣氛；空氣

Have you heard about the two men who opened a restaurant on the moon? The food was very good, but the place lacked **atmosphere**!

你有聽說有兩個男人在月球上開了家餐廳嗎？他們的食物是很棒，只是那裡<u>沒有空氣</u>！（註：欠缺氣氛）

1

:同:
:音:
:同:
:字:

009 **bachelor** [ˋbætʃələ]
名 單身漢；大學學位

"I was sorry to hear your brother passed on," one old classmate consoled another at a reunion. "Had he finished his education?"

"No," said the other. "He died a **bachelor**."

「聽說你的兄弟過世了，真令人難過。」同學會中，老同學安慰另一個同學：「他有完成學業嗎？」

同學回答：「沒有，他還沒結婚就走了。」

○ 可指去世時尚未深造完畢，所以還是學士；也可以指在人生歷練上尚未結婚，去世時還是個單身漢。

010 back [bæk] 名 背部;返還

Amy: Auntie kissed me.

Mother: How nice! Did you kiss her **back**, dear?

Amy: Of course not. I kissed her cheek.

愛咪：嬸嬸親了我。

媽媽：真是親切！妳有沒有<u>回親她</u>呢，寶貝？（註：親
她的背部）

愛咪：當然沒有呀，我親她臉頰。

○ 愛咪以為母親問「有沒有親她的背部」，所以回答
「Of course not.」。

011 balance [`bæləns] 名 平衡;餘額

　　When the stock market falls, millions lose their
balance.　股市一下跌，就會有上百萬人<u>失去平衡點</u>。
（註：銀行帳戶的餘額會減少）

○ 股市下跌，一方面造成心理失衡，一方面造成存款減少。

012 ball [bɔːl] 名 球;舞會

◆ "How can you pitch a winning baseball game
without even throwing a **ball**?"

"Throw only **strikes**."

「怎樣才能連一顆球都不用投，就打贏一場棒球賽？」

「只擲出好球。」

○ 意指不擲 ball（在棒球中，指「壞球」），只擲出 strike（在棒球中，指「好球」）。

◆ "Why was Cinderella kicked off the soccer team?"

"Because she kept running away from the **ball**."

「仙杜瑞拉為什麼被踢出足球隊？」

「因為她老是躲開球。」（註：舞會）

○ 仙杜瑞拉是童話故事《灰姑娘》中的主角，她靠著魔法而變裝，但須在半夜 12 點之前離開舞會，因為 12 點過後魔法就會消失，她會原形畢露。

1

同音同字

---

013 band [bænd] 名 樂團；繩子

◆ "Can you stretch the music out a bit longer?"

"Sorry, madam, this is a dance **band**, not a rubber **band**."

「你可以把音樂拉長一些嗎？」

「抱歉，女士。這是舞曲樂隊，可不是橡皮筋。」

○ 這是 band「繩子、繃帶」和「樂隊」的雙關語。

014 **bank** [bæŋk] 名 河岸；銀行

"Where do fish keep their savings?"

"In a river **bank**."

「魚要把存款放在哪裡？」

「放在河流銀行。」

● 河堤通常作 riverbank。

03 Disc 1 015 **bar** [bɑːr] 名 酒館；法院；小節

◆ I'm trying to be a good lawyer. I even built a **bar** to practice behind.

我想當一名好律師，我甚至做了個臺子在後面練習。

● bar 有「酒館」和「法院」的意思。go to the bar 是「當律師」，practice at the bars 指「開業當律師」，behind the bars 則指「入獄」。

◆ An alcoholic musician is someone who can't get past the first **bar**.

有酒癮的音樂家，無法演奏完第一個小節。（註：不走進第一家酒館）

● 這是 bar 的「酒館」和「小節」的雙關語。既指「有酒癮的音樂家，一看到酒館就

會走進去」，亦指「演奏不到一小節，便醉得不
支倒地」。

016 **bark** [bɑːrk] 動 狗吠　名 樹皮

Teacher: Mason, what is the outer part of a tree called?

Mason　: Don't know, sir.

Teacher: **Bark**, boy, bark.

Mason　: Woof, woof!

老師：馬森，樹的外層叫什麼？

馬森：先生，我不知道。

老師：樹皮，孩子。是樹皮。

馬森：汪！汪！

○ 老師告訴他樹皮是「bark」，他卻以為老師要他發出
狗吠聲。

017 **base** [beɪs] 名 地基；本壘

"Why should you build your house on a ball field?"

"Because every house needs a **base**."

「你為什麼把房子蓋在球場上？」

「因為房子都需要本壘。」（註：地基）

○ 這是 base 的雙關語。房子需要地基（base），而棒球
場上有本壘（base）。

018 bat [bæt] 名 蝙蝠;球棒

"What does a bat do in winter?"

"It splits if you don't oil it!"

「蝙蝠冬天都做些什麼?」

「如果你不幫它上油,它就會裂開了!」

○ 問蝙蝠冬天做什麼,答話的人則把 bat 聽成是球棒。

019 batter [`bætɚ] 名 打擊手;麵糊

"Why was the chef hired to coach the baseball team?"

"Because he knew how to handle batter."

「為什麼那個廚師被聘去當棒球隊的教練?」

「因為他會做麵糊。」

(註:因為他管得動球員)

020 bear [ber] 動 生產;忍受

The truth is, children are more difficult to bear after birth than before.

事實是,孩子出生後,要比出生前更令人難以忍受。

○ 孩子出生時,母親要 bear(生產);孩子出生後,家長則要 bear（忍受）他們。

021 **beat** [biːt] 名 跳動；巡邏路線　動 勝過

◆ "Why is your heart like a policeman?"

"Because it follows a regular **beat**."

「為什麼心臟像警察？」

「因為它會規律地<u>跳動</u>。」（註：巡邏）

○ 心臟會規律地跳動，警察則規律地巡邏。

◆ "Our hen can lay an egg four inches long. Can you **beat** that?" "Yes, with an egg beater."

「我們的母雞可以下四吋長的蛋。你<u>贏得過</u>嗎？」

「可以，用打蛋器打就可以了。」

○ 回答的人以為對方在問「你可以把它打碎嗎？」

04
Disc 1 **022** **bed** [bed] 名 床；花床；河床

◆ "Why did the busy bee call the flowers lazy?"

"Because they were always in **bed**."

「為什麼忙碌的蜜蜂，說花兒很懶惰？」

「因為花都<u>待在床上</u>。」（註：種在花床上）

◆ "Why are rivers lazy?"

"Because they seldom leave their **beds**."

「為什麼河流很懶惰？」

「因為河流很少離開河床。」

023 bill [bɪl] 名 帳單；法案；鳥喙

◆ My wife brings more **bills** into the house than a Congressman.

我太太帶回家裡的帳單（法案）比議員還多。

○ bill 可指「法案」和「帳單」。Congressman 是美國下議院的男性議員。house 有「房子」和「議會」之意。

◆ "Daddy, there was a man here today to see you."

"With a **bill**?"

"Nope. He had an ordinary nose like yours."

「爸爸，今天有個人來找你。」

「他帶帳單來嗎？」（註：長了一個鳥嘴）

「沒有。他的鼻子很普通，跟你的差不多。」

○ 兒子以為爸爸在問，來訪的人是不是長了鳥喙。

024 blue [bluː] 形 藍色的；憂鬱的

Shelly：Are there any colors you can actually touch?

Chunk：Oh, yes, I've often **felt blue**.

雪莉：有什麼顏色是你真的可以摸得到的？

查克：噢，有呀，我常常可以碰到藍色。（註：覺得憂鬱）

○ blue 有「藍色的」和「憂鬱的」之意，feel 有「碰觸」和「感覺」之意。

025 **body** [ˋbɑːdi] 形 身體

She stepped out of a new Cadillac. He said terrific **body** lines. The car isn't bad either.

她從那部新凱迪拉克轎車走出來。他說，曲線真是美極了，車子也不賴啦。

○ 到最後才知道，句中的 body 不是在說車子，而是指人。

026 **bolt** [boʊlt] 名 螺栓

"So you're a locksmith," rumbled the judge. "What has that got to do with being in the gambling house when it was raided?"

"Well, you see, Your Honor, I was **making a bolt for** the door."

法官低沈地說：「所以你是個鎖匠，那這跟賭場被臨檢時你在場，有什麼關聯？」

「嗯，法官，你知道的，我那時正在<u>幫房子裝鎖</u>。」（註：往門口跑）

○ 「make a bolt for the door」由字面上看來是在幫房子裝鎖，其實是片語，「往門口逃跑」之意。

027 **bore** [bɔːr] 動 使厭煩；鑽（孔）

"Did you have a good time at the dentist's?"

"I was **bored** to tears."

「你在牙醫那裡還好嗎？」

「我無聊得哭了。」（註：我被鑽牙鑽得哭了）

○ 意指牙齒鑽孔讓人痛得流眼淚。

028 **bored** [bɔːrd] 形 無聊的

The reason so many businesses fail these days is corporate members have too many **bored** members.

最近這麼多企業倒閉，是因為公司的委員太多。

○ 這是 bored 和 board（委員會）的諧音。指委員會的會員太多，無事可做。

029 **boring** [`bɔːrɪŋ] 形 令人感到無聊的
動 bore（鑽孔）的現在分詞

"Why don't people like to hear stories about woodpeckers?"

"Because they're **boring**."

「為什麼大家都不喜歡聽啄木鳥的故事？」

「因為啄木鳥很無聊。」

○ boring 是「令人感到無聊的」之意，啄木鳥則令人聯想到鑽孔（bore）。

(030) boy [bɔɪ] 形 男孩

Under "experience" on the application blank, she wrote, "Oh, **boy**!" 她在申請表格的「經驗」一欄寫道：「噢，男孩！」

○ boy 除了有「男孩」的意思外，也有表示驚訝、興奮的意思。此外，這裡的 experience 原指工作經驗，卻被誤以為是異性經驗。

(031) bridge [brɪdʒ] 名 橋；假牙上的齒橋

"She kissed him on the **bridge** at midnight but she'll never do it again."

"Why not?"

"Because she broke his **bridge**."

「她半夜在橋上吻他，不過她以後不會再這樣了。」

「為什麼呢？」

「因為她把他假牙的齒橋弄斷了。」

(032) bright [braɪt] 形 光明的；聰明的

"Why did the teacher wear dark glasses?"

"Because he has a **bright** class."

「為什麼那個老師要戴黑墨鏡？」

「因為他那一班的學生太聰明了。」

◯ 因為太亮所以要戴墨鏡，「bright」也可指學生很聰明。

(033) **bulb** [bʌlb] 名 球根；燈泡

"Why did the gardener plant **bulbs**?"

"So the worms could see where they were going!"

「為什麼園丁要種球根？」

「這樣蟲才看得到路！」

◯ bulb 也指「燈泡」，有了燈泡，蟲就看得到了。

(034) **burning** [`bɜːnɪŋ] 形 燃燒的

Arsonist: a man with a **burning** desire.

縱火犯：欲火熾盛的人。

◯ burning desire 在此指「強烈的欲望」，亦指「縱火的欲望」。

(035) **by** [baɪ] 介 到……之前；由……；以……；在……旁邊

◆ "Who invented the five-day week?"

"Robinson Crusoe. He had all his work done **by** Friday."

「是誰制定一週工作五天的？」

「是魯賓遜。他把所有工作都交給星期五去做。」

○ by Friday 原指「星期五之前」，《魯賓遜漂流記》裡的忠僕也叫 Friday，又指將所有的工作都交給 Friday 去做。

◆ **Landlord**: I have a very lovely apartment for you.

Tenant: By the week or by the month?

Landlord: By the incinerator.

房東：我有個很舒適的公寓要給你。

房客：是每週付租還是每月付租？

房東：是在焚化爐旁邊。

○ 這是 by「依照（數量）……」和「在……旁邊」的雙關語。房東因房客付不出房租，打算趕他出去。

036 **Cain** [kʌn] 名 該隱；殺兄弟者

06 Disc 1

"What did Adam and Eve do when they were turned out of the Garden of Eden?"

"They raised **Cain**."

「亞當和夏娃被放逐出伊甸園後，在做些什麼？」

「養育該隱。」（註：製造混亂）

○ raise Cain 有「養育該隱」和「製造混亂」的意思。Cain（該隱）是亞當和夏娃的長子，因為嫉妒而殺死了弟弟亞伯（Abel）。

037 cake [keɪk] 名 蛋糕；一塊

Teacher: What **cake** do you dislike most?

Pupil : A **cake** of soap.

老師：你最不喜歡<u>哪一種蛋糕</u>？（註：什麼塊狀物）

學生：肥皂。

○ 以為老師提到的 cake 是在說「塊狀的東西」。

038 calf [kæf] 名 小腿；小牛

"Why did the jogger go to the vet?"

"His **calves** hurt."

「那個慢跑者為什麼去看獸醫？」

「他的腿肚痛。」

○ calves（為 calf 的複數），有「小腿」和「小牛」的意思，這是兩者的雙關語。

039 call [kɔːl] 動 稱呼；叫

"**Call** me a taxi," said the fat man.

"Okay," said the doorman.

"You're a taxi, but you look more like a truck to me."

「幫我叫一部計程車。」胖子說。

「好的。」門房說。

「你是計程車！不過我覺得你看起來更像卡車。」

○ 把 call me a taxi（幫我叫一輛計程車）以為是「叫對方為計程車」。

040 **calling** [ˋkɔːlɪŋ] 名 天職

"How would you classify a telephone girl? Is she in a business or a profession?"

"Neither. It's a **calling**."

「你要怎麼把接電話的女孩分類呢？如何辨別她是一般職業的，還是個專家？」

「都不是，是天職。」

○ calling 有「打電話呼叫」和「神所賦予的天職」的意思，這是兩者的雙關語。business、profession、calling 為相關語。

041 **can** [kən] 動 能夠；裝罐

Visitor : What do you do with all the fruit that grows around here?

Farmer: Well, we eat what we **can**—and what we can't, we **can**!

觀光客：你怎麼處理你種在這裡的這些水果？

農　夫：這個嘛，可以吃的我們就吃，不能吃的，我們就做成罐頭！

● 第一個 can 是「能」的意思，第二個是「作成罐頭」的意思。

(042) capital [`kæpɪtl] 名 首都；資本

Ireland is rich because its **capital** is always Dublin. 愛爾蘭很富饒，因為它的<u>首都一直是都柏林</u>。（註：它的資本一直在加倍）

● capital 有「首都」和「資本」的意思，而 Dublin（都柏林）和 doubling（雙倍）發音相近。指愛爾蘭的資本一直加倍，所以非常富裕。

07 Disc 1

(043) carrot [`kærət] 名 胡蘿蔔

"How can you make soup rich?"

"Add twenty-two **carrots**."

「怎麼樣讓湯變油膩？」

「加上二十二根胡蘿蔔。」

● rich 有「富有、奢華」和「油膩」的意思，而 carrot 和 **carat**（克拉）發音相近。意思是說，加上 22 克拉的寶石，就會是一碗很奢華的湯了。

(044) cast [kæst] 名 石膏；演員表

"I'm desperate to get a job as an actress."

"Why don't you break your leg?"

"Break my leg?"

"Sure—then you'd be in a **cast** for months!"

「對於爭取女演員的工作，我感到很沮喪。」

「妳為什麼不把腿跌斷？」

「把腿跌斷？」

「沒錯，那妳就要包好幾個月的石膏了。」

○ 如果無法取得角色（in the cast），那麼把腿跌斷而包石膏，也是另一種「in the cast」。

045 **catch** [kætʃ]
動 染上（感冒）；抓住；趕上

◆ She bought a backless dress that was supposed to help her **catch** men. All she ever **caught** was a cold.

她買了一件露背洋裝，想吸引男人，但她得到的，只有傷風感冒。

◆ "I'd like a mousetrap, and please hurry. I've got a bus to **catch**."

"Sorry, madam, we haven't got one that big."

「我需要一個捕鼠器，請快一點，我要趕公車。」

「小姐，很抱歉，我們沒有那麼大的捕鼠器。」

○ 店員把「趕公車」聽成是「捕公車」，以為對方要用捕鼠器來捕公車。

046 certain [`sɜːtn] 形 某一；確定的

"A **certain** young man sent me some flowers this morning."

"Don't say 'a certain young man,' my dear. None of them is **certain** until you've got one."

「『某個』年輕男人今天早上送了我一些花。」

「親愛的，不要說『一個確定的年輕男人』。直到妳擄獲他們之前，都不算確定。」

● 把 certain「某……」和「確定的」搞錯。

047 change [tʃeɪndʒ] 名 更衣；變化；零錢

◆ "What makes a traffic signal turn red?"

"Having to **change** in front of so many people."

「紅綠燈為什麼會變紅色？」

「因為要在這麼多人面前換衣服（所以就臉紅了）。」

◆ A doctor asked a nurse how the boy who swallowed money was doing.

"No **change**, yet," said the nurse.

一位醫生問護士，那個把錢吞下去的男孩狀況如何。

護士說：「還沒什麼改變。」

● change 有「變化」和「零錢」的意思。意思是說吞下去的零錢尚未吐出來。

048 **channel** [tʃænl] 名 海峽；頻道

Teacher: Albert, can you tell us where the English Channel is?

Albert : I don't know. I can't find it on my TV set.

老　　師：愛爾伯特，你能告訴大家，英吉利海峽在哪裡嗎？

愛爾伯特：我不知道。我家的電視裡，找不到這個頻道。

● 把 channel「海峽」和「（電視）頻道」搞錯。

049 **charge** [tʃɑːrdʒ] 名 罪名；費用

"I'm sending you to prison for three months."

"What's the **charge**?"

"There's no **charge**. Everything is free!"

「我要把你關進監獄三個月。」

「罪名是什麼？」（註：要多少費用）

「不收費的啦。一切都是免費的！」

08 Disc 1 **050** **check** [tʃɛk] 動 檢查　形 方格狀的
名 西洋棋中的將軍

◆ "Have your eyes ever been **checked**?"

"No, doctor, they've always been one color, brown."

「你有做過眼睛檢查嗎？」（註：你的眼睛有過格子花紋嗎）

「醫生，沒有。我的眼睛一直都是棕色的。」

○ 把 check「檢查」和「格子花紋」搞錯，以為對方問他「眼睛有沒有格子花紋」。

◆ When the first chess tournament was held, the winner received a **check**.　第一場棋藝競賽舉行時，優勝者獲得了一張支票。（註：將軍了對方）

051 **Christ** [kraɪst] 名 基督

"Mom," little Alexander asked, "does Jesus use our bathroom?"

"Why, no!" his mother said sweetly. "Why do you ask?"

"Cause every morning, daddy kicks the door and yells, '**Christ**, are you still there?'"

小亞歷山大問：「媽媽，耶穌都用我們家的浴室嗎？」

媽媽溫柔地回答：「怎麼啦，當然不會啊。為什麼這麼問？」

「因為每天早上，爸爸都會踢門大叫說：『基督，你還在裡面啊？』」（註：天哪）

○ 耶穌基督（Jesus Christ, 04B.C.?-A.D.29），Christ 指「受油膏者」（即彌撒亞、救世主）。Christ 亦可作驚嘆用語，如「天啊」。

052 **coach** [koutʃ] 名 教練；四輪馬車

"Why was Cinderella such a poor runner?"

"Because she had a pumpkin for a **coach**."

「為什麼仙度瑞拉這麼不會跑步？」

「因為她的教練是南瓜。」

○ 這是 coach「教練」和「四輪馬車」的雙關語。

053 **coat** [kout] 名 外套；層

Potter was painting his house on a hot August day.

"Why are you wearing two **jackets**?" asked his wife.

"Because," he said, "the directions on the can say to put on two **coats**."

波特在八月的大熱天粉刷房子。他太太問：「你為什麼穿兩件夾克？」

他說：「因為瓶子上說要穿兩件夾克呀。」

（註：塗兩層）

054 cold [koʊld] 形 冷的；立刻

"Why should you keep some money in your refrigerator?"

"So you'll always have some **cold cash**."

「你為什麼要在冰箱裡放一些錢？」

「因為這樣就有現金了啊。」

● 這是cold「寒冷」和「立刻」（美式）的雙關語。cold cash 是「現金」的意思。

055 cool [kuːl] 形 涼的；酷的

"Why did the boy put his radio in the refrigerator?"

"He wanted to hear **cool** music."

「那個男生幹嘛把收音機放到冰箱裡？」

「因為他想聽很酷的音樂。」（註：冰涼的）

056 copper [ˋkɑːpɚ] 名 警察；銅幣

"Did you hear about the robber who went into a bank and was arrested?"

"No."

"It was full of **coppers**."

「你有聽說有強盜闖入銀行，結果被逮捕的事嗎？」

「沒有耶。」

「銀行裡面都是<u>警察</u>呢。」

（註：錢幣）

○ 這是 copper「銅幣」和「警察」的雙關語。意思是說想進入銀行搶劫，結果卻發現裡面有很多警察。

057 **corn** [kɔːrn] 名 玉米；雞眼

The class was having a geography lesson. The teacher asked, "Gregory, where's the largest **corn** grown?"

"On Pop's little toe!" Gregory said.

班上正在上地理課，老師問：「葛瑞格利，最大的<u>玉米</u>長在哪裡？」（註：雞眼）

葛瑞格利說：「長在爸爸的小腳趾頭上！」

058 **count** [kaʊnt] 動 舉足輕重；計算

The man who **counts** in the world is the cashier.

世上<u>舉足輕重</u>的人，就是出納員。（註：計算）

059　country [ˋkʌntri]　名　鄉村；國家

"Those eggs just came from the **country**."

"What **country**?"

「這些蛋剛從鄉下運來。」

「哪一國？」

○ 把 country「鄉下」和「國家」搞錯。

060　court [kɔːrt]　名　網球場；法庭

"What game do judges play best?"

"Tennis—because it's played in **court**."

「法官玩什麼遊戲玩得最好？」

「網球——因為那是在法庭上打。」（註：網球場）

061　cover [ˋkʌvɚ]　動　包括

A nightclub is a place where the **cover** charge **covers** nothing.

夜店，就是付最低消費，卻什麼也沒有的地方。

○ 這是 cover charge（小費）和 cover（掩飾、涵蓋）的雙關語。

062　crane [kreɪn]　名　起重機；鶴

"And poor Harry was killed by a revolving **crane**."

"My word! What a fierce bird you have in this country!"

「可憐的哈瑞，喪命於旋轉起重機之下。」

「天哪！你們國家的鳥這麼凶暴啊！」

○ 以為對方是說，哈瑞被鳥殺害了。

063 **criminal** [ˋkrɪmɪnl] 形 有罪的　名 罪犯

Stranger: Is there a **criminal** lawyer in this town?

Native : Two of them, friend, but we've never been able to prove it.

異 鄉 人：這個城鎮有罪犯辯護律師嗎？（註：犯罪的律師）

本 地 人：朋友，有兩位，不過還沒辦法證實。

064 **cross** [krɑːs] 動 穿越；生氣

Every time I get on a ferry it makes me **cross**.

每次我搭上渡輪，渡輪就會帶我過河。

○ cross 有「穿越」和「憤怒」的意思，這是兩者的雙關語。意思是說一坐上船就心情不好。

065 cup [kʌp] 名 獎盃；杯子

Two flies were playing football in a **saucer**. They were practicing for the **cup**.

兩隻蒼蠅在碟子上玩足球，在為得獎盃而練習。

○ 這是 cup「獎盃」和「杯子」的雙關語。

066 current [`kɜːrənt] 名 電流　形 當前的

My electrician usually worries about **current** events.

我的電工總是<u>憂心時事</u>。（註：擔心電流的事情）

○ current event 是「最近事件」；electrician 和 current 是相關語。

067 date [deɪt] 名 日期；約會；椰棗

◆ "On what **date** did Columbus cross the ocean?"

"He didn't cross on a date.

He crossed on ship."

「哥倫布穿越海洋的日期是哪一天？」

「他不是坐椰棗過去的，他是坐船。」

◆ A college girl may be poor in history, but great on **dates**.　大學女生也許很不懂歷史，不過她們<u>很會記日期</u>。（註：擅長約會）

068 **dawn** [dɔːn] 名 日出　動 醒悟

Last night I went to bed wondering where the sun had gone, but this morning it **dawned** on me!

昨晚我睡覺的時候，很納悶太陽去了哪裡，不過今天早上我忽然想通了！

○ dawn 和 sun 是相關字，「**dawn on someone**」是「某人了解到」的意思。

069 **day** [deɪ] 名 一天；白天

"I haven't slept for **days**."　我好幾天沒睡了。

"Aren't you tired?"　你不累嗎？

"No, I sleep nights."　不累，我都是晚上睡的。

○ 把 day「一天、一整天」和「白晝、日間」搞錯。

070 **deck** [dek] 名 甲板；一組撲克牌

"Why couldn't the sailors play cards?"

"Because the captain was standing on the **deck**."

「為什麼水手不能玩撲克牌？」

「因為船長<u>在甲板上</u>。」（註：踩著撲克牌）

● 本句可指「因為船長站在甲板上，所以不能偷懶」，
亦可指「因為船長踩在撲克牌上面，所以沒得玩」。

071 Disc 1 **degree** [dɪˋgriː] 名 學位；程度

"Is it difficult to be a professor?"

"Oh, no. You can do it by **degrees**."

「要當一個教授，會很難嗎？」

「不會的。你可以慢慢來。」

● by degrees 是「循序漸進、慢慢」的意思，而當教授也
需要學位（degree）。

072 **develop** [dɪˋveləp] 動 沖洗底片；發展

　"Doc, I'm worried. My little son swallowed the film
out of my camera." "Don't worry. Nothing will **develop**."

　「醫生，我很擔心，我的小兒子吞下了照相機的底
片。」「別擔心，不會洗出照片來的。」

● 意思是說，把底片吞下之後，就無法沖洗了。

073 **diamond** [ˋdaɪəmənd]
　名 鑽石；棒球的內野；撲克牌上的磚塊

◆ "My cousin is a **diamond** cutter."

"In the jewelry business?"

"No, he mows the grass at the ballpark."

「我堂弟是鑽石研磨工人。」

「他在珠寶業工作？」

「不是，他在棒球場鋤草。」

○ diamond 有「鑽石」和「內野」的意思，這是兩者的雙關語。

◆ A mean man's girl friend said to him, "Oh, darling, please buy me something with a **diamond** in it for my birthday."

"Ok," said the man, "how about a pack of cards?"

　　一個小氣男人的女朋友對他說：「噢，親愛的，拜託，在我生日的時候，買一個有鑽石的東西送給我吧。」

　　男人說：「好呀，買一副撲克牌如何？」

○ 女朋友希望收到鑽石，吝嗇的男友則想用撲克牌上的鑽石圖案來蒙混過關。

074 **dish** [dɪʃ] 名 盤子；一盤菜

"What's your favorite **dish**?"

"A clean one."

「你最喜歡<u>哪一道菜</u>？」（註：哪一個盤子）

「乾淨的盤子。」

075 dishwasher [ˋdɪʃwɑːʃɚ]

名 洗碗碟者；自動洗碗機

"Did you get rid of your old **dishwasher**?"

"Yes, I divorced him."

「妳把舊洗碗機給淘汰了嗎？」

「是呀，我跟他離婚了。」

○ 原來舊洗碗機指的是洗碗的人，也就是丈夫。

076 doctor [ˋdɑːktɚ] 名 醫生

He is a fine baby **doctor** and he'll be even better when he grows up.　這個小朋友是個不錯的醫生，等他長大了以後，一定會更棒。

○ 把 baby doctor（小兒科醫生）解釋成小孩子當了醫生。

077 double [ˋdʌbḷ] 動 使加倍；兩倍

◆ "What's the easiest way to **double** your money?"

"Fold it."

「要把錢變雙倍，怎樣做最快？」

「把錢對摺。」

◆ I love drinking—it makes me see **double** and feel single.　我愛杯中物──它可以讓我看到自己儷影雙雙，卻仍覺得自己是單身漢。

○ double 和 single 是相關字。這是威士忌的雙份、單份,和 single「單身」的雙關語。feel single 是感覺像是單身的意思。

Disc 1 (12) **078** **down** [daʊn] 名 鳥的羽毛

Did you hear about the man who swallowed the unplucked goose? He felt a little **down** in the mouth.

有一個人吞下沒拔毛的鵝,你聽說了嗎?他覺得,嘴巴有點毛毛的。

(註:有點沮喪)

○ down in the mouth 是片語,指「意志消沉」。

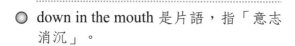

079 **draw** [drɑː] 動 畫;拉

◆ When some girls pose for an artist, the first thing he **draws** is the studio curtain.

當女孩們為藝術家擺姿勢時,藝術家最先畫的,就是工作室的窗簾。(註:第一個拉的)

○ draw 有「畫」和「拉」的雙關語意思。這裡的女孩是指裸體模特兒。

◆ If you agree with your dentist about pulling teeth, it usually ends in a **draw**. 如果你答應讓牙醫幫你拔牙，結果通常是用拉出來的。

○ 拔牙用「pull teeth」，這是 draw「拔出」和「分開」的雙關語。

080 **drawing** [ˋdrɑːɪŋ] 名 畫畫；抽籤

The first art contest was held in 1911. The winners were chosen by **drawing**.

第一次的美術大賽，是在 1911 年舉行，獲勝者則由抽籤決定。（註：作畫）

081 **dressing** [ˋdrɛsɪŋ] 名 衣服；沙拉醬

Customer: Waiter, there is a button in my salad.

Waiter : Quite right, sir, it's part of the **dressing**.

客　戶：服務生，我的沙拉裡面有個鈕扣。

服務生：沒錯，先生。那是醬汁的一部份。（註：衣服）

082 **drill** [drɪl] 名 鑽機；練習

The dentist said, "In order to get rid of your toothache, I'll need a **drill**."

The surprised patient said, "You mean, you need a rehearsal to fix a tooth?"

牙醫說：「為了治好你的牙痛，我需要一個電鑽。」（註：排練）

驚訝的病人說：「你是說，你需要排練才能治好牙齒嗎？」

083 **drive** [draɪv] 動 擊球；駕駛

"Why is it hard to **drive** a golf ball?"

"Because it doesn't have a steering wheel."

「為什麼高爾夫球很難打到？」（註：駕駛）

「因為它沒有方向盤。」

○ steering wheel 是方向盤。

084 **duck** [dʌk] 名 鴨子　動 低頭

"I just returned from a **duck** shoot."

"How was it?"

"Terrible! All the others shot and I had to **duck**."

「我剛獵鴨回來。」

「好玩嗎？」

「很悽慘！其他人都在打獵，

我卻得趕快低頭避開。」

085 **dynamite** [`daɪnəmaɪt] 名 炸藥

When **dynamite** was first invented, it did a **booming** business.

炸藥一開始發明出來時，是很賺錢的行業。

● 這是 dynamite 和 boom（轟然巨響）、booming（景氣突然變好）的雙關語。

086 **end** [end] 名 目的；末端

It was a wise youngster who, when asked, "What is the chief **end** of man?" replied, "The **end** with the head on it."

有個聰明的孩子被問到：「人類的主要目的是什麼？」他回答：「有頭的那一端。」（註：末端）

087 **face** [feɪs] 名 臉；時鐘表面

" I work in a clock factory."

"Oh, what do you do?"

"Just stand around all day and make **faces**."

「我在時鐘工廠工作。」

「噢，你的工作內容是什麼？」

「就是整天站著扮鬼臉。」

（註：製作鐘面）

○ make faces 是「扮鬼臉」，若是在鐘錶工廠，也可指製作鐘面。

088 faith [feɪθ] 名 信仰

Atheist: someone who has **faith** that there is nothing to have **faith** in.

無神論者：信仰「無事可信仰」的人。

○ 相信沒有任何事可以信仰，也是一種信仰。

089 fall [fɑːl] 名 落下；秋天

◆ Skiing is a winter sport learned in the **fall**.

滑雪是一種在秋天時學習的冬天運動。（註：要摔跤才能學會的）

◆ "Dad, the barometer has **fallen**."

"Yes?"

"About five feet. And it's broken."

「爹地，氣壓表下降了。」

「喔？」

「大概掉了五呎，摔壞了。」

○ 兒子說的是氣壓計掉了，而爸爸以為是氣壓下降。

090 **family** [ˋfæməli] 名（動植物的）科；家庭

Teacher : Name four animals that belong to the cat **family**.

Little Lena: The mama cat, the papa cat, and two kittens.

老　　師：說出四種貓科動
　　　　　物的名字。

　　　　　（註：說出貓家
　　　　　庭的四個成員。）

小　里　娜：貓媽媽、貓爸爸，
　　　　　還有兩隻小貓咪。

● 把 family 的「家庭」和「（生物學上的）科」的意思弄錯。

091 **fan** [fæn] 名 風扇；狂熱愛好者

He's crazy about electricity. Should we call him an electric **fan**?　他對電很著迷。我們要叫他電力迷嗎？

（註：電風扇）

092 **fast** [fæst] 形 快速的；牢固的

◆ If you're thin, don't eat **fast**. If you're fat, don't eat. **Fast**.

如果你很瘦，就別吃太快；如果你很胖，就快別吃了。

○ 第一個 fast 是副詞，指不要吃太快，第二個 fast 是
要求對方，趕快不要再吃了。

◆ "How do you make money **fast**?"

"Glue it to your wallet."

「如何<u>快速賺錢</u>？」（註：把錢固定住）

「把錢黏在皮夾上。」

093 **fat** [fæt] 形 肥胖的　名 脂肪；肥肉

"What's the best way to get **fat**?"

"Go to the butcher shop."

「<u>要變胖</u>的最好方法是？」（註：得到肥肉）

「去肉店。」

094 **feeling** [ˋfiːlɪŋ] 名 感覺

Ecstasy: the **feeling** you feel when you feel
you're going to feel a feeling you never felt before.

恍惚狀態：一種你覺得你即
將要感覺你從未感覺過的感覺
的感覺。

○ 可以加入關係代名詞 that：
「the feeling (that) you feel
when you feel (that) you are
going to feel a feeling (that)
you never felt before.」。

095 **feet** [fit] 名 foot（腳）的複數；英呎

The man who walks a mile moves only two **feet**.

那個走了一哩路的男人，<u>只移動了兩呎</u>。（註：只靠一雙腳在移動）

096 **felt** [felt] 動 feel 的過去式　形 氈製的

A kiss over the phone is like a straw hat. It isn't **felt**.　電話上的吻，就像一頂草帽──是草製而<u>不是氈製的</u>。（註：感覺不到）

○ 這是 felt 是 feel 的過去分詞，也有「氈製的」之意。意指在電話上親吻，是沒有感覺的。

097 **figure** [ˋfɪgjʊr] 名 數字；人物

"I understand his salary goes into five **figure**."

"Yes, his wife and four children."

「我知道他的薪水有<u>五位數字</u>。」（註：要給五個人）

「沒錯，給他太太，還有四個小孩。」

098 **file** [faɪl] 動 建檔；銼

"Doc," the patient asked, "Is it okay to **file** my nails?"

"Sure," the doctor replied, "but why don't you throw them out like everyone else?"

病人問：「醫生，我可以用指甲刀銼指甲嗎？」

醫生回答：「當然可以囉。可是你為什麼不像其他人一樣，把指甲丟了就好呢？」

○ 醫生以為病人想把剪下來的指甲 file（歸檔）起來。

1
同音同字

099 **find** [faɪnd] 動 覺得；找到

Waiter : How did you **find** your steak, sir?

Diner : Oh, quite easily; I lifted my potatoes.

服務生：先生，您覺得您的牛排如何？

用餐者：噢，這很簡單，把洋芋拿起來就看得到了。

○ 用餐者以為服務生問他怎麼找到牛排的，他的回答也可能是在抱怨牛排太小塊了。

100 **fine** [faɪn] 形 很好的　動 罰款

Mr. Jones : Why can't I park here?

Policeman : Read that sign.

Mr. Jones : I did. It says. '**Fine** for parking.' so I parked.

瓊 斯 先 生：為什麼這裡不能停車？

警　　　察：看那個標誌。

瓊 斯 先 生：我看了。上面
說「在這裡停
車很好」，所
以我就停了。

● 標誌原本應該是「停車要罰款」之意。

(101) fire [faɪr] 動 解雇；發射

◆ "Why is a rifle like a lazy worker?"

"Because they both can get **fired**."

「為什麼來福槍就像懶惰的職員？」

「因為他們都會被解雇。」

○ 人被 fire 是解雇，來福槍則可以 fire（發射）。

◆ **Poet** ： Do you think I ought to put more **fire** into my poetry?

Publisher : No, I think you ought to put your poetry into the **fire**.

詩 人：你覺得我要在詩中加入更多的熱情嗎？

出版者：不，我覺得你應該把你的詩放進火裡面。

○ fire 和 poetry 位置互換造成的趣味。出版者認為，直接把詩燒掉可能會好一點。

(102) first [fɜːst] 形 第一的

"Why did you call the hero of your story 'Adam'?"

"You said to write it in the **first** person."

「你為什麼把你故事裡面的英雄叫做『亞當』？」

「是你說要以『最初的人類』來寫的。」

○ 對方所說的 the first person，原是指「第一人稱」。

103 **flat** [flæt] 形 平的

Client : My husband has **flat** feet. Can I get a divorce on those grounds?

Lawyer : Only if his feet visit the wrong **flat**.

客　戶：我丈夫有扁平足，我可以以此為理由要求離婚嗎？

律　師：除非他走錯公寓。（註：意指外遇）

○ flat 有「扁平」和「公寓」的意思，這是兩者的雙關語。扁平足通常是用 flat-feet。

104 **flea** [fliː] 名 跳蚤

The first **flea** market started **from scratch**.

第一個跳蚤市場是從零開始的。

○ flea 和 scratch（抓傷）是相關字。from scratch 的字面解釋是「來自抓傷」，而用在慣用語，是「從零開始」的意思。

105 **fly** [flaɪ] 名 蒼蠅；高飛球；鈕扣

◆ "Why are spiders good baseball players?"

"Because they know how to catch **flies**."

「為什麼蜘蛛打棒球打得很好？」

「因為他們很會接高飛球。」（註：抓蒼蠅）

◆ "Waiter, there's a **fly** in my soup."

"That's very possible; the chef used to be a tailor."

「服務生，我的湯裡面有蒼蠅！」（註：有鈕扣）

「這很有可能，因為廚師以前是作裁縫的。」

○ fly 有「蒼蠅」和「鈕扣」的意思。「Your fly is open.」是說「你褲子的鈕扣沒扣」。

106 **flying** [ˋflaɪɪŋ] 形 飛行的
Disc 1 16

"What's the best way to see **flying saucers**?"

"Pinch the waitress."

「想要看到飛碟的最好方法是什麼？」

「去掐一下女服務生。」

○ flying saucer 是「飛碟」，這裡解釋成「會飛的盤子」。意思是說只要捏女侍的話，她手上端的盤子便會向你飛過來。

107 **follow** [ˋfɑlo] 動 跟隨；聽從

Visitor：But how did you break your neck?

Patient：I just **followed** my doctor's prescription.

Visitor：How could you break you neck doing that?

Patient：It flew down the stairs—and I followed it.

探病的人：那你是怎麼跌斷脖子的？

病　　人：我只是<u>遵循醫生的指示</u>。（註：撿醫生的處方）

探病的人：那怎麼會跌斷脖子呢？

病　　人：處方掉到樓梯下面，我就跟著下去了。

○ 醫生的處方飛到樓梯下，為了去追處方籤，而失足摔下樓梯。

108 **for** [fɔːr] ⤴ 為……

◆ "Will you give me a dime **for** a cup of coffee?"

"But I don't drink coffee."

「你能給我一角錢買杯咖啡嗎？」（註：你要不要給我一角錢，來換一杯咖啡）

「可是我不喝咖啡。」

○ 問他能不能給錢買咖啡，他則解釋成「給我一角錢，來交換一杯咖啡」，所以就以不喝咖啡為由，拒絕給對方錢。

◆ "I've got a surprise, honey. I brought a friend home **for** dinner."

"Who wants to eat friends?"

「親愛的，我有個驚喜給你。我帶了個朋友回家一起吃晚餐。」

「誰想吃朋友啊？」

● for dinner 有「吃晚餐」的意思，也可解釋成「當作晚餐的材料」。

109 fork [fɔːrk] 名 叉子；道路岔口

"I wonder where I got the flat tire."

"Maybe it was at the last **fork** in the road."

「真不知道輪胎是什麼時候漏氣的。」

「可能是在最後一個道路岔口那裡。」（註：路上的最後一個叉子）

110 fortune [`fɔːrtʃuːn] 名 幸運；財富

"Good evening, I'm a **fortune** teller."

"What is my **fortune**?"

"Two dollars and a half."

"Correct."

「晚安，我是算命仙。」

「我的未來如何？」（註：我有多少財產）

「兩塊半。」

「沒錯。」

111 **free** [fri:] 名 自由 形 免費的

"Do you believe in **free** speech?"

"I certainly do."

"Good. Can I use your telephone?"

「你贊成言論自由嗎？」

「當然囉。」

「那好，我可以用你的電話嗎？」

○ 故意把 free 當成是「免費」的意思，所以向對方借電話。「言論自由」的正確英文是 freedom of speech。

112 **fresh** [freʃ] 形 新鮮的；莽撞的

"What do you call a rude cabbage?"

"A **fresh** cabbage."

「怎麼稱呼一個粗魯的包心菜？」

「新鮮的包心菜。」

○ rude 有「未開發、粗魯」的意思，fresh 則有「新鮮、莽撞」的意思，而形成雙關語。

17 Disc 1 113 **from** [frɑ:m] 介 來自

John: Are you tan **from** the sun?

Joe : No. I'm Smith from the earth.

約翰：你是曬太陽曬黑的嗎？

喬 ：不是，我是地球上的史密斯。

◉ 把問話聽成「你是來自太陽的譚先生嗎？」

114 fruit [fruːt] 名 水果

Stacy : My auntie thinks I'm a piece of **fruit**.

Tracey : What makes you think so?

Stacy : She keeps calling me the apple of her eye!

史黛西：我嬸嬸認為我是水果。

崔　西：妳怎麼會這麼覺得呢？

史黛西：她一直說我是她眼中的蘋果！

◉ the apple of somebody's eye 意指「某人的掌上明珠」，而非真的看起來像蘋果。

115 gear [gɪr] 名 汽車的排檔；衣服

Policeman : Now, Miss, what **gear** were you in at the time of the accident?

Woman Driver: Oh, I had on a black beret, tan shoes, a tweed sport dress.

警　　察：嗯，小姐，事故發生的時候，妳的車是開在哪一檔？

女　駕　駛：噢，我戴了黑色貝雷帽，穿褐色的鞋子和粗呢運動裙。

◉ 女駕駛以為警察在問事故發生時的穿著。

116 general [ˋdʒenərəl] 名 將軍　形 一般的

"I've come to see **General** Parker."

"I'm sorry, but the General is sick today."

"What made him sick?"

"Oh, nothing in **general**."

「我來見帕克將軍。」

「很抱歉，將軍今天身體欠安。」

「他怎麼了？」

「噢，沒有大礙的。」

⬤ 第一個 general 指「將軍」，第二個指「一般」。

117 get [get] 動 得到；變得

"What is your husband **getting** for Christmas?"

"Bald and fat."

「妳丈夫聖誕節會收到什麼？」

「他會變得又禿又老。」

⬤ 以為對方問丈夫聖誕節會變怎麼樣，於是回答又禿又老。

118 ghost [goʊst] 名 鬼魂

Some years ago I tried to become a **ghost writer**. But I couldn't find any ghost who wanted me to write for it.

數年前我想要成為鬼故事作家，可是我找不到要我幫他寫故事的鬼。

○ ghostwriter 是捉刀者（為人代寫的作者）之意，可指找不到鬼，或是找不到要他代寫的人。

119 gift [gɪft] 名 禮物；天賦

"My husband is a man of rare **gifts**."

"That's nice."

"He hasn't given me a **present** in twenty-five years of marriage."

「我丈夫擁有稀世天賦。」

「那很好呀。」

「結婚二十五年，他連一個禮物也沒送過我。」

120 give [gɪv] 動 給予；傳染

Mother : What are you going to **give** your baby brother for his birthday, Johnnie?

Johnnie : I **gave** him measles last year. I think I'll try mumps this year.

母親：強尼，你要給小弟什麼生日禮物？

強尼：去年我傳染給他麻疹，我想今年就流行性感冒好
了。

(121) **glass** [glæs] 名 玻璃杯

"My grandfather lived to be 95 and never used
glasses."

"Lots of people drink from the bottle."

「我祖父活到九十五歲，而且從沒戴過眼鏡。」

「很多人都是用瓶子直接喝的。」

○ 以為對方說，祖父從來不用杯子喝東西。

(122) **go** [goʊ] 動 鐘鳴；通往

◆ Long after the rest of the school went into their
classroom, Alison was still running around in the
playground. Her teacher came out and said
sharply, "Alison, do you know the bell has **gone**?"

"Well, Miss, I didn't take it."

其他同學都進教室很久之後，艾莉森還在運動場
上跑。級任老師走出來，嚴厲地說：「艾莉森，妳
不知道已經打鐘了嗎？」（註：妳知道鐘不見了嗎）

「啊，老師，我沒有拿啊。」

◆ **Tourist** : Does this road go to Cleveland?

　Hillbilly : Beats me. I've been here 20 years, and it ain't gone anywhere yet.

　遊　　客：這條路通往克利夫蘭嗎？

　山裡居民：問倒我了。我在這裡住了二十年了，這條路哪裡都還沒去過呢。

- 以為對方問，這條路會不會自己去克利夫蘭（Cleveland，美國俄亥俄州北部的一個工業都市）。

123　grasp [græsp] 動 理解；抓住

"Have you heard the story about the slippery eel?"

"You wouldn't **grasp** it."

「你聽過滑溜溜鰻魚的故事嗎？」

「你會聽不懂的。」

- 滑溜溜的鰻魚抓不住，亦指不能理解。

124　grave [greɪv] 名 墳墓

"How do undertakers speak?"

"**Gravely**."

「葬儀業者說話都怎麼樣？」

「很肅穆。」

- 這是 grave 和「grave + ly」（嚴肅地）的雙關語。undertaker 和 grave 是相關字。

125 gravity [`ɡrævəti] 名 重力；重大性

Man is gradually overcoming the problem of **gravity**. Which is encouraging in view of the **gravity** of his problem.

人類正逐漸克服地心引力的問題，就此問題的重大性來看，這是鼓舞人心的消息。

○ 第一個 gravity 是指「重力」，第二個是「嚴重性」；同時也是把 problem of gravity 和 gravity of (his) problem 位置互換的雙關語。

1
同
音
同
字

126 Greek [griːk] 名 希臘

"I tried to read an original version of Homer's *Odyssey*."

"Did you get far?"

"No, It was all **Greek** to me."

「我嘗試閱讀荷馬的《奧迪賽》的原文。」

「讀了多少啦？」

「不，我完全看不懂。」

○ it was all Greek to me 是「完全不懂」的意思，而《奧迪賽》原文也正是希臘文。

19
Disc 1 **127** **green** [griːn] 形 綠色的；未成熟的

Science Teacher: When do trees **turn red**?

Student: In the autumn.

Science Teacher: Why do they turn red?

Student: They're blushing to think how **green** they've been all summer.

自然老師：樹什麼時候變紅色？

學　　生：秋天。

自然老師：為什麼會變紅色？

學　　生：因為他們想到自己整個夏天都那麼青澀，就臉紅了。

○ turn red 有「樹葉變紅」和「臉紅」的意思，green 有「綠色」和「青澀、不成熟」的意思。這是雙重的雙關語。

128 **ground** [graʊnd] 名 土壤
動 grind（磨碎）的過去式

Customer: Say, waitress, take this coffee away. It's like mud.

Waitress : Well, it was **ground** just this morning.

顧　　客：喂，服務生，把這咖啡拿走，喝起來簡直像泥漿一樣。

女服務生：喔，這是早上才磨的。

○ 女服務生的答話也可以解釋成「咖啡在今天早上還是泥土」。

129 **grow** [groʊ] 動 生長；長大

Tess: Why are you knitting three socks?

Bess: My son wrote me that he's **grown** another foot since he's been in the army.

泰絲：你為什麼織了三隻襪子？

貝絲：我兒子寫信給我，說自從他入伍以後，多長出了一隻腳。

○ grow another foot 是「長高了一呎」，而貝絲以為是「又長了一隻腳」。

130 **gun** [gʌn] 名 槍；大人物

The **biggest guns** in most corporations are those who have never been fired.

大部分公司裡的董事長，都是不會被解雇的人。

○ biggest gun 是「董事長」的意思；fire 有「發射」和「解雇」之意。gun 和 fire 是相關字。

131 half [hælf] 形 一半的

Vicar: Is this your brother?

Boy : Yes, vicar.

Vicar: He's very small, isn't he?

Boy : Well, he is only my **half**-brother.

牧師：那是你弟弟嗎？

男孩：是的，牧師。

牧師：他還很小，是吧？

男孩：是呀，他是我一半的弟弟。

○ 他用 half-brother 來指弟弟只有自己的一半高，其實 half-brother 是只有一半血緣關係的意思。

132 hand [hænd] 名 手

◆ "May I sit on your right **hand** at dinner?"

"I may need it to eat with, but you may hold it for a while."

「晚餐時，我可以坐在你的右手邊嗎？」

「我右手可能要用來吃晚餐，不過你可以握一下。」

○ right hand 用在第一句，是「右手邊」的意思，而答話的人以為是「右手」。

◆ "The other night I looked at a lady's **hand** and one glance told me she was going to be really lucky."

"How could you tell?"

"She had four aces."

　　「有天晚上，我看了一位小姐的手。我一看，就知道她要走運了。」「你是怎麼看的？」「她有四張老 A。」

● 這是 hand「手」和「手上的牌」的雙關語。起初以為是在聊「手相」，後來才知道是指玩撲克牌。

1 同音同字

133 **hang** [hæŋ] 動 吊起；被處絞刑

We must all **hang** together, or we shall all hang separately.

　　我們一定要團結，不然就會被個別處絞刑。

● 這是 hand together（團結）和 hang separately（個別被處絞刑）的雙關語。富蘭克林（Benjamin Franklin, 1706-90）在美國面臨國家存亡時，說了這句名言。

20 *Disc 1* **134** **hard** [hɑːrd] 形 堅硬的；困難的

◆ The diamond is the **hardest** mineral in the world . . . to get.

　　鑽石是世界上最難以得到的礦物。

○ 此句看到一半，以為是說鑽石是最硬的礦物，看到
最後才知道，是在說鑽石很難得到。

◆ "It's indeed **hard**," said the melancholy gentleman,
"to lose one's relatives."

"Hard?" snorted the gentleman of wealth. "It's
impossible."

悶悶不樂的紳士說：「失去親人真的很難過。」

「困難？」有錢的紳士輕蔑地說：「根本就是
不可能。」

○ 紳士說失去親人很難過，富豪則把它解釋成「要排
除親戚，是件很困難的事」。指有錢人有很多未曾
謀面的親戚覬覦其遺產。

(135) head [hed] 名 頭；首席

When the first **barber** school opened, everyone
graduated at the **head** of
his class.

第一家理髮師學校成
立時，每個人都以第一名
畢業。

○ barber 和 head 是相關字。

136 headache [`hedeɪk] 名 痛

"I just got rid of a nagging **headache**."

"How did you do it?"

"I sent her back to her mother."

「我剛擺脫了惱人的頭痛。」

「你是怎麼擺脫的？」

「我把她送回娘家。」

○ 說話者的頭痛原因是太座，所以把她送回娘家就解決了。

137 heart [hɑːrt] 名 心；心臟

"I'm learning to be an X-ray technician. I took a picture of myself—showing the lungs, liver and kidneys. Yet I didn't pass my examination. Can you tell me why?"

"The picture only shows your lungs, liver and kidneys—you failed because your **heart** wasn't in your work."

「我在學當 X 光放射師，我照了自己的 X 光片，可以看到肺臟、肝臟和腎臟。可是我卻沒通過考試，你知道為什麼嗎？」

「你的 X 光片有肺臟、肝臟、腎臟，卻不及格，是因為你沒有照出心臟。」（註：用心）

138 hit [hɪt] 名 安打；風行一時的歌曲

"How are songwriters like baseball players?"

"They're both interested in big **hits**."

「作曲者和棒球員哪裡相像？」

「他們都喜歡 hits。」

● 作曲者喜歡的 hits 是指風行一時的歌曲，棒球員喜歡的 hits 是指安打。

139 hold [hoʊld] 動 托住；握住

On my first date with my boyfriend I asked him if I could **hold** his hand. And he said, "I can manage, thank you. It isn't very heavy."

我和男朋友第一次約會時，我問他我可不可以牽他的手。結果他說：「謝謝，我自己來沒問題的，不會很重。」

● 把 hold「拿著、抓住」的意思，聽成是「支撐」的意思。

140 hole [hoʊl] 名 洞

"Why do you wear two pairs of pants when you play golf?"

"In case I get a **hole** in one."

「你打高爾夫球時，為什麼要穿兩件褲子？」

「以免一條褲子裂開了。」

○ a hole in one (pair of pants) 是「褲子上面的一個破洞」，而高爾夫球的 a hole in one 是「一桿進洞」。

141 **home** [houm] 名 房子

◆ **Real Estate Man** : Would you like to see a model home?

University Senior: I sure would. What time does she quit work?

不 動 產 經 紀 人：你想不想參觀樣品屋？

大 學 四 年 級 學 生：當然。她什麼時候下班？

○ 把 see a model home「參觀樣品屋」當成「送模特兒回家」。

◆ I asked if I could see her home, so she showed me a picture of it.

　　我問她，我可不可以送她回家，她就給我看了她家的照片。

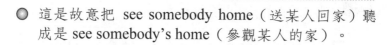

○ 這是故意把 see somebody home（送某人回家）聽成是 see somebody's home（參觀某人的家）。

◆ Club: place where you feel more at home than at home.

俱樂部：一個讓你覺得比在家裡還自在的地方。

● at home 有「在家」和「舒適」的意思，這是兩者的雙關語。feel at home 是「放輕鬆、不要拘束」的意思。

142 honey [ˋhʌni] 名 甜心；蜂蜜

The customer said to the waiter when he started to eat his pancakes, "Where's my **honey**?"

And the waiter replied, "She left last week, sir"

客人開始吃煎餅時，對服務生說：「我的蜂蜜呢？」

服務生回答：「先生，她上個禮拜就離職了。」

● 服務生的意思是說，客人喜歡的那位女服務生已經辭職了。

143 hot [hɑːt] 形 熱的；辣的

"What stays **hot** even when it's in the refrigerator?"

"Mustard."

「什麼東西即使放在冰箱裡，還是<u>很熱</u>？」（註：很辣）

「芥末。」

144 how [haʊ] 副 如何

The phone rang at the fire station. "Hurry," said the panicked voice, "we've got a big fire at the store!"

"**How** do we get there?" the firefighter demanded.

"Dammit!" shouted the caller. "Use the big red

truck!"

消防局的電話響起。一個驚慌的聲音說：「快，我們店裡起了很大的火！」

「你們那裡怎麼過去？」救火隊詢問。

「該死！」來電者大叫：「開紅色大卡車來啦！」

○ 消防隊員說 how 是問怎麼到那裡，對方卻聽成「要坐什麼交通工具過去」，因而大發脾氣。

(145) **Hyde park** [haɪd pɑːrk] 名 海德公園

"Where did Dr. Jekyll find his best friend?"

"In **Hyde Park**."

「傑柯博士可以在哪裡找到他的摯友？」

「在海德公園。」

○ 史帝文生（R. L. Stevenson）的小說《化身博士》（*Dr. Jekyll and Mr. Hyde*）一書中，兩位主角 Dr. Jekyll 和 Hyde Park 其實是同一人。因此，Jekyll and Hyde 有「雙重人格」的意思。

(146) **impress** [ɪm`prɛs] 動 使感動；壓印

"How do cattle feel about the branding iron?"

"Very **impressed**."

「牛對烙鐵有什麼感覺？」

「印象深刻。」

● impress 有「感動」和「烙印」之意,這是兩者的雙關語。

(147) **impression** [ɪm`prɛʃən] 名 印象;印痕

"How can you be sure of making a bad **impression**?"

"By stepping in your neighbor's fresh concrete."

「怎麼做一定會留下壞印象?」

「踏進鄰居還未乾的水泥地上。」

● 踏進未乾的水泥,會留下腳印,也會留下壞印象。

(148) **in** [ɪn] 介 在……

Disc 1 22

◆ **Mom** : Joe, time for your medicine.

Joe : I'll fill up the bathtub.

Mom : Why?

Joe : Because on the bottle it says "to be taken **in water**."

媽媽 : 喬,該吃藥囉。

喬 : 我去把浴缸的水放滿。

媽媽 : 為什麼?

喬 : 因為藥瓶上說:「在水中服用」。(註:配水服用)

◆ "Mom, can I go out and play?" 媽,我可以出去玩嗎?

"What, **in** those clothes?" 穿這樣出去嗎?

"No—**in** the park." 不是,是去公園裡玩。

◉ 這是把 in 的「穿……」和「在……裡」搞錯。

(149) **instant** [ˋɪnstənt] 形 即食的　名 時刻

They serve **instant** food here. You get sick the **instant** you eat it.

他們這裡有賣速食，讓你一吃，就會感到噁心。

◉ 第一個 instant 是指速食的，第二個是指時刻。

(150) **interest** [ˋɪntrəst] 名 興趣；利息

"Why aren't you manager of the mortgage department anymore?"

"Well, to tell the truth, I lost **interest**."

「為什麼你不再當抵押部門的經理了呢？」

「喔，老實說，我沒有興趣了。」

◉ interest 又可指「利息」，第二句亦可解釋為：沒什麼利息可賺了。

(151) **iron** [ˋaɪrn] 名 鐵；鐵質

Teacher: Eat up your dinner. It's full of **iron**.

Student: No wonder it's so tough.

老師：把晚餐吃完，晚餐裡面鐵質豐富喔。

學生：難怪這晚餐吃起來這麼硬呀。

⬤ 這是 iron 的「鐵」（金屬）和「鐵質」（營養成分）
的雙關語。

152 jacket [ˋdʒækɪt] 名 夾克；封面

"How would you define a best seller?"

"That's a book with a heroine **on the jacket** and
no **jacket** on the heroine."

「你如何為暢銷書下一個定義？」

「暢銷書，就是書的封面上有個女英雄，而女英雄
身上沒有上衣。」

⬤ 第一個 jacket 指書的封面，第二個 jacket 指上衣。意
指暢銷書的封面上會有女主角的裸姿。

153 jam [dʒæm] 名 果醬；擁擠

"What did the traffic cop have in his sandwiches?"

"Traffic **jam**."

「交通警察的三明治裡面包什麼？」

「塞車。」（註：交通果醬）

⬤ jam 有「果醬」和「阻塞」的意思，這是兩者的雙關
語。traffic jam 意「交通阻塞」。

154 Japanese [ˌdʒæpəˈniːz]

形 日本的；日本語的

"I'm going to buy one of those small **Japanese** radios."

"How are you going to understand what they're saying?"

「我打算買一個小巧的日本製收音機。」

「那你怎麼聽得懂他們在說什麼？」

○ 以為要買播報日語的收音機，所以懷疑聽不聽得懂。

23 Disc 1 **155 juice** [dʒuːs] 名 果汁；汽油

"Why did the orange stop in the middle of the expressway?"

"It ran out of **juice**."

「柳橙為什麼停在高速公路的中間？」

「因為果汁用完了。」（註：汽油）

○ juice 有「汽油」的意思，orange 和 juice 是相關語。

156 key [kiː] 名 鑰匙；琴鍵

"Why couldn't the boy open the piano lock?"

"Because all the **keys** were inside."

「為什麼那男孩打不開鋼琴的鎖？」

「因為鑰匙都鎖在鋼琴裡面呀。」

◎ 這是 key 的「琴鍵」和「鑰匙」的雙關語。

157 **kid** [kɪd] 動 欺騙；開玩笑 名 小孩；小山羊

◆ Birth control: no **kidding**.

控制生育：別開玩笑了。（註：不要有小孩）

◆ **Patient** : Doctor, doctor, I keep thinking I'm a goat.

Doctor : How long have you had this feeling?

Patient : Since I was a **kid**.

病人：醫生，醫生，我一直覺得我是一隻羊。

醫生：你有這種感覺已經多久了？

病人：當我還是隻小羊的時候。（註：從我還很小的
時候）

158 **lame** [leɪm] 形 跛的；理由不充分的

"Mom, I can't go to school. I sprained my ankle."

"Of all the **lame** excuses."

「媽，我不能去上學了，我的腳踝扭到了。」

「這理由不充分。」

◎ sprain 和 lame 是相關字。

159 **last** [læst] 形 最後的　動 持續

Advertisement in a newspaper:

Very Cheap Coats

Last Three Days

報紙上的廣告：

超便宜外套，

最後三天！（註：只能穿三天）

160 **law** [lɔː] 名 法律；定律

If it is the **law** of gravity that keeps us from falling off the Earth as it zooms around the Sun, what kept us on Earth before the **law** was passed?

　　如果是因為引力定律，而使我們不至於從繞著太陽公轉的地球上摔下去，那在這條法律通過之前，我們是怎麼留在地球上的？

　◯　法則被發現前就已存在，而法律通過之前是不存在的。

161 **lay** [leɪ] 動 擺設；下蛋

"Waiter, this egg is bad."

"Don't blame me. I only **lay** the tables."

「服務生，這顆蛋壞掉了。」

「這不是我的問題，我只負責擺設餐桌。」

● 服務生的意思是說，他只負責 lay the tables，不負責 lay the eggs（生蛋）。

162 **lean** [liːn] 形 瘦肉的　動 依靠

Disc 1 24

Customer: I'd like a pork chop for lunch, and make it **lean**.

Waiter　: Yes, sir. In which direction?

顧　客：我午餐要來一客豬排，要瘦肉的喔。

服務生：好的，先生，要靠在哪一個方向呢？

● 把 lean 當作是「憑藉、依靠」的意思，服務生以為客人要把肉塊靠著。

163 **leave** [liːv] 動 留給；離開

Husband: Someday, darling, I shall die and **leave** you.

Wife　: How much?

丈夫　：親愛的，有一天我將死去，並且離開妳。

太太　：多少？

● 太太以為先生在說要留遺產給她的事。

164 **left** [left] 動 leave 的過去式　形 左邊的

"Which side of apple pie is the **left** side?"

"The side that hasn't been eaten."

「蘋果派的哪一邊是左邊？」

「還沒有被吃掉的那一邊。」

○ 第一句也指：還沒被吃掉的，是哪一半的蘋果派？

165 **lemon** [ˋlɛmən] 名 檸檬；瑕疵品

She bought an apple and a lemon. The apple was
a peach but the **lemon** was
a **lemon**.

她買了一顆蘋果和一顆
檸檬。蘋果是很不錯，不
過檸檬有瑕疵。

166 **letter** [ˋlɛtɚ] 名 信件；字母；文化修養

◆ Since **letters** are made up of words, how can words
be made up of **letters**? 既然信件是用字組成的，
字怎麼又會是用信件組成的呢？（註：字母）

◆ He is a man of **letters**. He works for the post office.
他是個文學家。他在郵局工作。

○ letter 有「信件」和「文學」的意思。「a man of
letters」是男性文學家的意思，但在句子裡其實是
指「從事信件工作的人」。

167 **library** [ˋlaɪbrɛri] 名 書房；圖書館

After dinner last night, our hostess suggested we

adjourn to the **library** for coffee. But when we drove over there, it was closed.

　　昨天吃過晚飯後，女主人建議我們到書房喝杯咖啡，可是我們開車到那裡的時候，它已經關了。

◎ 把 library「書房」和「圖書館」的意思弄錯。

168 license [ˋlaɪsns] 名 許可；執照

A five-year-old girl was walking her dog when she was stopped by a cop.

"Does your dog have a **license**?"

"Why should he need a license?" said the child. "He doesn't even have a car!"

　　一個五歲的小女孩正在遛狗時，被一個警察叫住。

　　「妳的狗有狗隻牌照嗎？」

　　「為什麼牠要有執照？」孩子說：「牠又沒有車！」

◎ license 有「狗隻牌照」和「汽車駕照」的意思。

25 Disc 1 169 lid [lɪd] 名 蓋子；眼瞼

"Why is a piano like an eye?"

"Because both are closed when their **lids** are down."

「鋼琴為什麼和眼睛很像？」

「因為他們的蓋子蓋起來後，都是關上的。」

170 **lift** [lɪft] 動 使高尚；提起

Churches, where souls are lifted, are empty. But beauty parlors, where faces are lifted, are packed.

教堂提昇靈魂，卻空蕩無人；美容院提昇臉皮，卻座無虛席。

○ pack 有「客滿」和「敷臉」（face pack）的意思。

171 **light** [laɪt]

形 （文學上）娛樂性的；輕的　名 電燈

◆ **Customer** : I would like a book, please.

Bookseller: Something **light**?

Customer : That doesn't matter—I have a car with me.

顧　客：請給我一本書。

售書員：輕鬆的嗎？（註：輕一點的嗎）

顧　客：不要緊，我有開車來。

◆ Franklin was all excited about electricity, but they soon made **light** of it.

法蘭克林對電力感到很興奮，不過人們很快就<u>不把電看在眼裡了</u>。（註：用電力來作電燈了）

○ Benjamin Franklin（1706-90，是美國的政治家、科學家、作家）。make A of B 是「用 B 做成 A」。在本句是「用電氣做電燈」的意思。但「make light of...」是「輕視」的意思，所以本句亦可解釋成法蘭克林對電氣著迷，但其他人卻不以為然。

172 lighter [`laɪtɚ] 形 比較輕的　名 打火機

"There were three men on a boat with four cigarettes but no matches. What did they do?"

"They threw out one cigarette, and that made the boat a cigarette **lighter**"

「一艘船上有三個人，四根菸，可是沒有打火機。他們該怎麼辦？」

「他們把一根菸丟掉，好讓船減輕一根菸的重量。」（註：好把船變成打火機）

173 line [laɪn] 名 輪廓；文字的行；皺紋

◆ "I see strength, courage, kindness and despair in your face."

"But how can you see all that in my face?"

"I can read between the **lines**."

「我在你的臉上看到了力量、勇氣、仁慈，和絕望。」

「你怎麼能從我的臉上看出這麼多東西？」

「我能看出言外之意。」

○ read between the lines 從字面上看，是在皺紋之間讀出各種特質；當片語用時，是「言外之意」的意思。

◆ "What's the best way to communicate with a fish?"

"Drop it a **line**."

「跟魚溝通最好的方式是？」

「寫信給牠。」

○ drop somebody a line 是「寫一封短信給某人」的意思，fishing line 是釣魚線。

174 **long** [lɑːŋ] 動 渴望　形 長的；長久的

◆ "Waiter, I'm in a hurry. Will my pancakes be **long**?"

"No, sir. It'll be round and flat."

「服務生，我趕時間。煎餅會很久嗎？」

「先生，不會的，它會圓圓扁扁的。」

○ 服務生以為客人在問「煎餅會不會很長」。

◆ "What's the difference between a hungry boy and a greedy boy?"

"One **longs to eat** and the other **eats too long**."

「飢餓的男孩和貪婪的男孩，兩者有何差別？」

「一個渴望吃東西，一個吃東西吃太久。」

○ long to eat（想吃得不得了）和 eat too long（吃太久）兩句位置轉換的雙關語。

◆ Speeches should be like women's skirts. **Long** enough to cover the subject and short enough to stimulate interest. 演講應該像女人的裙子，長得足以包含主題，又短得足以引發興趣。

○ longer 和 shorter 是反義字。cover 有「覆蓋」和「包含」的意思。

175 look [lʊk] 動 顯得；看起來

◆ The better a woman **looks**, the longer a man does. 女人越好看，男人就看得越久。

○ 這是 look「看起來像……」和「看」的雙關語。句尾的 does 指「look」。

◆ **Doctor**： Mrs. Smith, I have to tell you, I don't like the **looks** of your husband.

Patient's wife: Neither do I, but he's good to the children.

醫生 ：史密斯太太，我得告訴妳，妳丈夫情況不佳。

病人的太太：我也不喜歡，不過他對孩子們很好。

○ 病人的太太以為醫生說不喜歡病人的長相。

176 lot [lɒt] 名 命運；大量

The reason the average person isn't contented with his **lot** is because he wants a **lot** more.

　　一般人對自己的命運不滿，是因為不滿現狀而欲求更多。

● 第一個 lot 指「命運」，第二個指「大量」。

177 love [lʌv] 名 愛；網球的零分

　A tennis court is the only place in the world where **love** means nothing.

　　世界上，愛一無所值的唯一地方，就是網球場。

● 在網球上，把「零分」稱為「love」。

178 Magazine [ˌmæɡəˈziːn] 名 雜誌；火藥

"Why are public libraries closed during wartime? "
"For fear that the **magazines** will blow up. "

「圖書館在戰爭期間為什麼會關閉？」
「因為怕雜誌會爆炸。」（註：火藥）

179 major [`meɪdʒɚ]

名 少校　形 手術有生命危險的

"My brother is an officer in the army."

"What makes you think he's an officer?"

"Because he's going to have a **major** operation."

「我哥哥是陸軍軍官。」

「你怎麼會覺得他是個軍官？」

「因為他要<u>進行上校操練</u>了。」（註：動大手術）

180 make [meɪk] 動 使成為；使擁有

"How many years have Alice and Joe been married?"

"About 15 years, I think."

"Has she **made** him a good wife?"

"Not particularly, but she did **make** him an awfully good husband."

「愛麗絲和喬已經結婚幾年了？」

「我想大概十五年了吧。」

「她有當他的好老婆嗎？」

「那倒還好，不過她把他變成
了一個很棒的丈夫。」

● 這是「make＋A＋B」的「使 A
　成為 B」和「把 A 變成 B」的雙
　關語。

181 **makeup** [`meɪkʌp] 名 化妝；補考

Cosmetologist Jack Stein gives his students **makeup** examinations.

美容師傑克・史坦給他的學生進行<u>化妝考試</u>。

（註：補考）

○ makeup examination 是化妝考試，或補考。makeup 和 cosmetologist 是相關字。

182 **man** [mæn] 名 人；男人

A girl was about to go swimming in the sea.

"Aren't you afraid of sharks?" asked her friend.

"No," the girl replied. "They're **man**-eating sharks."

有個女孩想去海邊游泳。

「妳不怕鯊魚嗎？」她朋友問。

「不怕。」女孩回答：「鯊魚只吃男人。」

○ 把 man-eating（吃人）誤解為「吃男人」。

183 **march** [mɑrtʃ] 名 三月；行軍

27 Disc 1

"What is the worst month for soldiers?"

"A long **March**."

「對軍人來說，最長的月分是哪一月？」

「漫長的<u>三月</u>。」（註：行軍）

184 marry [`mæri] 動 結婚

"Who can **marry** many a wife and remain single all of his life?"

"A minister."

「誰可以讓很多老婆結婚，自己卻終生保持單身？」

「牧師。」

○ 這是 marry「和……結婚」以及「（牧師）讓……結婚」的雙關語。

185 master [`mæstɚ] 動 支配；熟練

A linguist is a man who has **mastered** every **tongue** but his wife's.　語言家，是能掌握每一種語言的人，除了妻子的語言以外。

○ master 有「熟練」和「支配」的意思；tongue 則有「語言」和「語言能力、說話方式」的雙關語。本句暗指雖然通曉多國語言，卻無法讓妻子閉嘴。

186 match [mætʃ] 名 比賽；火柴

"Why was the baseball team given **lighters**?"

"Because they kept losing **matches**."

「為什麼有人拿打火機給那支棒球隊？」

「因為他們老是<u>輸掉比賽</u>。」（註：丟掉火柴）

187 medicine [`medsən] 名 藥；醫學

"I spent three years in college taking **medicine**."

"Are you well now?"

「我花了三年在大學<u>修醫科</u>。」（註：吃藥）

「那你現在好了嗎？」

188 meet [miːt] 動 認識；碰面

"Did you **meet** your wife at the airport yesterday?"

"No, I **met** her in the railway station about ten years ago."

「你昨天有和你太太在機場碰面嗎？」

「沒有，我是十年前左右在火車站和她認識的。」

● 問昨天是否有和太太在機場碰面，而對方以為是昨天和太太在機場認識。

189 mind [maɪnd] 名 想法 動 介意

Aging is a matter of **mind**. If you don't **mind**, it doesn't matter.

老化，是一種心態上的問題。只要自己不介意，那就沒什麼大不了。

○ mind 有「想法」和「介意」的意思；matter 有「問題」和「重要」的意思，這是雙重的雙關語。

28 Disc 1 **190** **mine** [maɪn] 名 礦　代名 我的

When she said I could make her **mine**, I knew she was just a gold-digger.　當她說我已經擁有了她時，我知道她不過是個淘金者。

○ make her mine 可解釋成「把她當作是我的」，也可以解釋為「當她的礦山」，意指她的目的是為了錢。

191 **minute** [ˋmɪnɪt] 名 一分鐘；很短的時間

A woman telephoned the New York office of British Airways and asked how long was the Concorde flight between New York and London.

The agent said, "**Just a minute**," and went to look up the schedule. When he returned, the caller had hung up, apparently satisfied.

一位女士打電話到英國航空的紐約辦事處，詢問往返紐約和倫敦的協和式飛機的飛行時間。

接聽員回答：「請等一下。」然後去查時間表。當他回來時，來電者已經掛斷電話，顯然非常滿意。

○ 把 just a minute（請稍待片刻）當成是飛行時間「只要一分鐘」。

192 miss [mɪs] 動 想念；遺失；錯過

◆ "Yes, I'm living in the country now. It certainly has its inconveniences."

"What do you **miss** most?"

"The last train home at night."

「嗯，我現在住在鄉下，當然是有一些不方便。」

「你最想念的是什麼？」（註：最常錯過什麼）

「晚上最後一班回家的車。」

◆ **Patient** : Doctor, I think I'm losing my mind.

Doctor : Don't worry. You won't **miss** it.

病人：醫生，我想我失去理智了。

醫生：別擔心，你不會想念它的。

○ 醫生的答話可解釋為「別擔心，理智不會不見的」，或是「沒關係，你不會想念它的（因為本來就沒有理智）」。

193 mouth [maʊθ] 名 嘴巴；河口

People should call her "Amazon" because she is so wide at the **mouth**.

人們應該叫她「亞馬遜」，因為她很大嘴巴。

○ the Amazon（亞馬遜河）這個名稱是來自希臘神話中的 Amazon（一族驍勇善戰的女戰士）。亞馬遜河河口寬廣，此句則指女人很大嘴巴，不能保守秘密。

194 **move** [muːv] 動 移動

The last time this singer was here he gave a **moving** performance; everyone **moved** out of the theater.

去年，這位歌手在這裡做了一場動人的表演，讓每個人都移出了劇院。

● 這是 moving（動人的）和 move 的雙關語，指大家聽不下去，都離開了。

195 **multiply** [ˋmʌltɪplaɪ] 動 乘法；加倍

When adding machines were first used, they were so successful that they began to **multiply**.

加法計算機一開始使用時，就非常成功，所以產量倍增。（註：開始運算乘法）

196 **nail** [neɪl] 名 指甲；圖釘

"What's the matter with your finger?"

"I hit the wrong **nail**."

「你的手指怎麼了？」

「我刺到圖釘了。」

● finger 和 nail 是相關字。

197 **name** [neɪm] 動 說出名稱；命名

Teacher (with bird chart): Clyde, **name** these three birds.

Clyde: How about Mortimer, Oscar and Irving?

老師（拿著鳥圖片）：克萊德，說出這三隻鳥的名字。

克萊德：就叫莫提瑪、奧斯卡和伊爾文，好嗎？

198 **negative** [ˋnɛgətɪv]
形 否定的；名〔攝〕負片

Customer: See, here, photographer, this picture you took of me is awful. Do you call it a good likeness?

Photographer: The answer, sir, is **in the negative**.

顧　客：喂，攝影師，你看，這張你幫我拍的照片真醜。這樣叫照得很像嗎？

攝影師：先生，答案是否定的。

○ in the negative 可以解釋成「否定」，也可指「在負片上」，意即指答案就在負片上，表示的確是照得很像。

199 net [net] 名 網;淨利　形 淨值的

"What kind of money do fishermen make?"

"**Net** profits."

「漁夫賺哪一種錢？」

「漁網錢。」（註：淨利）

⬤ 由漁夫聯想到 net。

200 nine [naɪn] 名 九;棒球隊

The teacher asked her pupils to name the **nine** greatest Americans. All the pupils turned in their papers except Jimmy.

"Can't you finish your list, Jimmy?" asked the teacher.

"Not yet," replied Jimmy. "I'm still undecided about the first baseman."

老師要學生寫出九個最偉大的美國人。所有的學生都交了卷子，除了吉米。

「你寫不出來嗎，吉米？」老師問。

「還沒。」吉米回答：「我還沒辦法決定一壘手。」

⬤ 把 nine 當成是棒球的九人一組球隊。

nose [nouz] 名 鼻子；嗅覺

"Did you hear about the newspaper reporter who lost her job after having plastic surgery?"

"No, what about her?"

"She lost her **nose** for news."

「你有聽說那個新聞記者做隆鼻手術之後，就丟了飯碗嗎？」

「沒有，她怎麼樣了？」

「她失去了新聞鼻。」

○ 新聞工作者對新聞感覺敏銳，被稱為「新聞鼻」，此處指隆鼻手術之後就失去了新聞鼻，是無厘頭的趣味。

202 **nothing** [ˋnʌθɪŋ] 名 沒有東西

My cat can talk. I asked her what two minus two was and she said **nothing**.

我的貓會說話。我問她二減二等於多少，她什麼也沒說。

○ 這是 say nothing「說等於零」和「什麼都沒說」的雙關語。

203 **object** [ˋɑːbdʒɪkt] 名 受詞；目的

Teacher：Give me a sentence with an "**object**" in it.

Pupil ：You're very beautiful, teacher.

Teacher：Thanks, but what's the "**object**"?

Pupil ：A good grade.

老師：給我一個裡面有受詞的句子。

學生：老師，妳真是美麗。

老師：謝謝，但是受詞在哪裡？（註：目的是什麼）

學生：甜分數。

○ 這是把 object「受詞」和「目的」的意思弄錯。以為老師要他造一個含有目的的句子。

204 **on** [ɑːn] 副 在……上

30 Disc 1

◆ **Teacher** : Today I am going to instruct you **on** Mount Everest.

Johnny : Will we be back in time for *Sesame Street*?

老師：今天我要跟你們講的是聖母峰。

強尼：我們來得及回來看《芝麻街》嗎？

○ 強尼以為老師要帶他們去聖母峰。

◆ "I was **on** TV last night."

"Were you?"

"Yes. When I'm drunk I'll sleep anywhere."

「我昨晚上電視。」

「真的啊？」

「對呀，我一喝醉，躺在哪裡都能睡。」

○ 這是 on TV「上電視」和「在電視機上面」的雙關語。

1 同音同字

205 order [ˋɔːdɚ] 動 肅靜；點餐

Professor (rapping on desk): **Order**, please!

Sleepy voice from back row: Hamburger with onions for me.

教授用手敲桌，說：「請肅靜！」

後排一個愛睏的聲音說：「我要點漢堡加洋蔥。」

○ 把「Order, please!」聽成「請點菜！」

206 organ [ˋɔːgən] 名 器官；管風琴

The physiology lecturer addressed the student nurse. "Today, girl, we will take up the heart, lungs, liver and kidneys."

"Another **organ** recital," whispered one nurse to the other.

生理學老師正在對護士學生們演講。「女孩們，今天我們要講的是心臟、肺臟、肝臟和腎臟。」

「又要聽<u>管風琴獨奏會</u>了。」一個護士對另一個護士耳語。（註：講器官）

○ organ 有「器官」和「管風琴」的意思，recital 有「獨奏會」和「細說、詳述」的意思。

207 pain [peɪn] 名 痛；努力

"Is he a careful dentist?"

"Well, he filled my teeth with great **pain**!"

「他是個很小心謹慎的牙醫嗎？」

「嗯，他幫我補牙時非常地賣力。」

○ pain 作複數形 pains，意指「努力」、「千辛萬苦」。第二句「他把我的牙齒填滿劇烈的疼痛」，即指「他讓我的牙齒痛得要命」的意思。

208 paint [peɪnt] 動 油漆；畫

Sailor　　　　: It took six weeks to **paint** this ship.

Landlubber: Why didn't you just take a photograph of it?

水　手：我花了六個星期為這艘船上油漆。

新水手：你為什麼不直接用照相的就好了？

○ 新水手以為水手花了六個星期來畫這艘船。

209 **palm** [pɑːm] 名 手掌；棕櫚科植物

The trees fortune-tellers always look at are **palms**. 樹的算命家，總是在看棕櫚樹。

○ 算命的人看人的手掌（palm），而要替樹算命，就看棕櫚樹（palm）。

210 **pants** [pænts] 名 褲子

"What is the difference between a man and a running dog?"

"One wears **trousers**, the other **pants**."

「一個人和一條跑步的狗，兩者有何差異？」

「一個穿長褲，一個穿褲子。」（註：喘氣）

○ pants 除了有「褲子」的意思之外，也是「喘氣」的現在式。

211 **part** [pɑːt] 名 部分 動 分開

31 Disc 1

◆ "I was born in Kentucky." 我在肯塔基出生。

"What **part**?" 哪一部分？

"All of me." 整個人。

○ 把 what part of Kentucky 和 what part of you 弄錯。

◆ Upon receiving a comb made of solid gold for his birthday, grateful Hans told his wife, "Thanks, I'll never **part** with it."

漢斯收到一把純金打造的梳子當作生日禮物，他感激地對太太說：「謝謝，我永遠不會跟它分開的。」（註：用它來分我的頭髮）

212 **pass** [pɑːs] 動 通過；傳球

Mother Pig : Why do you want to be a football when you grow up?

Little Pig : They'll be sure to **pass** me when I go to college.

豬媽媽：為什麼你長大以後想當足球呢？

小　豬：因為等我上大學
　　　　時，他們一定會讓
　　　　我及格的。

○ 把 pass「傳球」和「考試
　合格」的意思弄錯。美式
　足球的球通常是用豬皮做
　成的，又稱為 pigskin。

213 **past** [pɑːst] 名 過去

"You shouldn't invite that horrid woman to the party; she has such a **disagreeable past**."

"Yes, but she's rich enough to furnish a very **agreeable present**."

「你不該請那個可怕的女人來派對的，她的過去讓人不敢恭維。」

「沒錯，但她很有錢，足以提供非常好的禮物。」

○ past 和 present（禮物、現在）的雙關語。agreeable 和 disagreeable 是反義字。

214 **patient** [`peɪʃənt] 名 病人 形 耐心的

"Doctor, doctor, I think I'm shrinking!"

"Well, you'll just have to be a little **patient**."

「醫生，醫生，我覺得我縮小了！」

「那麼，你會變成一個小小的病人了。」

○ a little patient 也可解釋為「稍微忍耐一下」。

215 **pen** [pen] 名 筆；圍欄；監獄

◆ **Rick** : My brother earns a living with his **pen**.

Nick : Is he an author?

Rick : No, he raises pigs.

瑞克：我哥哥靠筆維生。

尼克：他是個作家嗎？

瑞克：不，他養豬。

○ pen 有「筆」和「畜舍」的意思。

◆ Interviewing the convict after the publication of his first book, the reporter asked, "Why did you decide to list the author as '06801'?"

"What else would I use?" the prisoner said. "That's my **pen name**."

一名囚犯出版了他的第一本書，記者訪問他時問道：「你為什麼決定用『06801』這個名字來當作者的名字？」

囚犯說：「不然我要用什麼呢？這是我的筆名。」

○ pen name 在這裡亦指牢房號碼，或囚犯編號。

216 **perfect** [`pɜːfekt] 形 完美的；完全的

"Would you agree to come out with me tonight?"

"I'm sorry, but I never go out with **perfect** strangers."

"Who said I was **perfect**?"

「妳今晚願意跟我一起出去嗎？」

「很抱歉，我不跟完全不認識的人出去。」

「誰說我是完美的呢？」

○ 第一個 perfect 是「完全的」，第二個是「完美的」，故意把意思弄錯。

217 **pick** [pɪk] 動 挑選；扒竊；摘

◆ "Does your wife **pick** your clothes?"

"No, just the pockets."

「你太太會幫你選衣服嗎？」

「不會，她只會拿走口袋裡的東西。」

○ 太太不幫先生挑選衣服，只把丈夫口袋裡的東西拿走。**pick someone's** 是「從某人的口袋中扒竊」，pickpocket 是扒手。

◆ "What's the difference between a rose and a nose?"

"It is polite to **pick** a rose."

「玫瑰花和鼻子有什麼不同？」

「摘玫瑰花是禮貌的。」

○ pick a rose 是禮貌的，但是 **pick one's nose** 是「挖鼻孔」，就不太禮貌了。

218

picnic [ˈpɪknɪk] 名 野餐　形 輕鬆的

A woman got on a bus with seven children. The conductor asked, "Are these all yours, lady? Or is it a **picnic**?"

"They're all mine," came the reply. "And it's no **picnic**!"

一個女人帶了七個孩子上公車，車上的導遊問：「小姐，這些都是妳的小孩嗎？還是只是大家一起去野餐？」

「都是我的小孩。」她回答：「而且我們不是要去野餐！」（註：這可一點也不輕鬆）

● picnic 除了「野餐」，也有「輕鬆工作」（用於否定句）的意思。例如，「It's not picnic making sandwiches for ten.」意思是「做十人份的三明治可不是一件輕鬆的事」。

219 pin [pɪn] 名 別針；保齡球球瓶

"What is the quietest game in the world?"

"Bowling—you can hear a **pin** drop."

「世界上最安靜的遊戲是什麼？」

「保齡球──安靜到連保齡球瓶掉下來的聲音都可以聽得到。」（註：別針）

● pin 有「別針」和「保齡球瓶」的雙關語。以下是常見用法：「It was so quite you might have heard a pin drop.」（安靜到可以聽見別針掉落的聲音。）

220 pitch [pɪtʃ] 動 投

In 1958 a baseball game was held at a National Park camping ground. They **pitched** a tent.

1958 年時，一場棒球賽在國家公園露營場舉行。他們搭了一個帳棚。

● 這是 **pitch**（投）和 **pitch a tent**（搭帳棚）的雙關語。baseball 和 pitch 是相關字。

(221) **place** [pleɪs] 名 場所；名次

◆ **Dad** : Stephen, did you get a good **place** in your exams?

Stephen: Yes, Dad—next to the radiator.

爸　爸：史蒂芬，你考試有沒有得到好名次啊？

史蒂芬：有，爸爸。我就坐在暖氣旁邊。

○ 以為爸爸問說，考試時的座位好不好。

◆ "Doctor, I've broken my arm in two **places**."

"Don't go back to either of them."

「醫生，我的手有兩個地方斷了。」

「那就別再去那兩個地方了。」

○ 醫生以為病人是在某兩個地方弄得骨折的。

(222) **play** [pleɪ] 動 遊戲；表演

Actress: one who **plays** when she works and works when she **plays**.

演員：在工作中遊戲，在表演中工作的人。

223 **please** [pliːz] 動 討好；喜歡

John could marry any girl he **pleased** — the trouble is, he didn't **please** any of them.

約翰可以娶任何他喜歡的女孩，但是問題是，他沒能討其中任何一位的歡心。

224 **pocket** [ˋpɑːkɪt] 名 口袋　形 袖珍的

Salesman: Would you like to buy a **pocket** calculator?

Customer: No, thank you—I already know how many **pockets** I've got.

推銷員：　你想買一個口袋型計算機嗎？（註：計算口袋器）

客　戶：　不，謝了。我已經知道我有幾個口袋了。

225 **pool** [puːl] 名 池子

33 Disc 1

"Where do cars go swimming?"

"In the car **pool**."

「車子都去哪裡游泳？」

「去車子的游泳池。」

○ carpool是一種由數人輪流開車上下班，以節省能源的方法。

226 **poor** [pʊr] 形 差勁的；貧窮的

"I think golf is a **rich** man's game."

"Nonsense. Look at all the **poor** players!"

「我認為高爾夫球是有錢人的玩意。」

「才不呢，看看那些打球的人，打得多差呀！」

227 **pound** [paʊnd] 名 磅；英磅

"I lost 20 **pounds** while I was in England."

"How much is that in America?"

「我在英國的時候瘦了 20 磅。」（註：丟了 20 英磅）

「這樣在美國等於多少錢？」

228 **powder** [paʊdɚ] 名 香粉；火藥

"What caused the explosion at your house?"

"**Powder** on my coat sleeve."

「你家爆炸的原因是什麼？」

「我外套袖子上有香粉。」

○ 指袖子上的火藥使家裡爆炸，也指丈夫袖子上的香粉，讓太太情緒爆炸。

229 practice [`præktɪs] 動 開業;練習

Doctor: I'll have you know I've been **practicing** medicine over ten years.

Patient: Call me when you've done **practicing** and decide to get serious.

醫生：你要知道，我開業從醫已經十年以上了。

病人：等你練習完，決定正式開始時，再打電話給我。

● practice 有「醫生開業」和「練習」的意思。

230 present [`prɛznt] 名 禮物;現在

Father: How do you like your new teacher?

Danny: I don't like her at all.

Father: And why not?

Danny: She told me to sit up front for the **present**— and then she didn't give me the **present**.

爸爸：你喜歡新老師嗎？

丹尼：一點也不喜歡。

爸爸：為什麼呢？

丹尼：她跟我說，坐好就有禮物可以拿，可是她都沒有
給我禮物。

○ present 有「禮物」和「現在」的意思，這是把兩者的
意思弄錯。for the present 是「眼前、暫時」的意思。

(231) **pretty** [ˋprɪti] 形 可愛的　副 非常

1 同音同字

"May I see you **pretty** soon?"

"Don't you think I'm **pretty** now?"

「我能很快再見到妳嗎？」（註：看到妳漂亮的樣子）

「你覺得我現在不可愛嗎？」

(34 Disc 1) (232) **pull** [pʊl] 動 拉　名 門路

I always wanted to be a dentist, but I didn't have
enough **pull**.　我一直想當牙醫，可是我沒有門路。

○ pull 有「用力拉」和「門路」的意思。

(233) **punch** [pʌntʃ] 名 一拳；五味酒

"What should a prize fighter drink?"

"**Punch**."

「拳擊手應該喝什麼？」

「五味酒。」

○ punch 又指「重擊」。五味酒是以葡萄酒加入砂糖、
果汁、檸檬所調製而成的飲料。

234 **pupil** [ˈpjuːpl] 名 學生；瞳孔

"Why was the teacher cross-eyed?"

"He couldn't control his **pupils**."

「老師為什麼鬥雞眼？」

「因為他沒辦法控制學生。」

（註：瞳孔）

235 **quarter** [ˈkwɔːtər] 名 弦月；25 分錢

Son : Hey, Dad! This newspaper says the moon is going broke.

Dad : Why is it going broke?

Son : The paper says it's going into its last **quarter**.

兒子：嘿，老爸！新聞說月亮要破產了。

爸爸：為什麼它要破產了？

兒子：報紙說它即將只剩最後的 25 分錢了。

（註：要進入下弦月了）

236 **race** [reɪs] 名 比賽；民族

"Who was the fastest runner in history?"

"Adam. He was the first in the human **race**."

「歷史上跑得最快的人是誰？」

「<u>亞當</u>。他是人類<u>賽跑中的第一名</u>。」（註：種族中的第一人）

237 **raise** [reɪz] 勁 舉起；養育

◆ "Name a product **raised** in countries where there's a lot of **rain**." "Umbrellas."

「什麼產品在多雨地區會升高起來？」「雨傘。」

◆ "My little brother fell into a manhole. What shall I do?"

"Run to the library and get a book on how to **raise** a child."

「我弟弟掉進地下道的洞裡頭了，我該怎麼辦？」

「趕快去圖書館借一本<u>舉起</u>小孩的書。」（註：養育）

238 **range** [reɪndʒ] 名 爐灶；牧場；射程

◆ "If there are two flies in the kitchen, which one is the cowboy?"

"The one on the **range**."

「廚房裡有兩隻蒼蠅，哪一隻是牛仔？」

「在<u>爐灶</u>上的那一隻。」

（註：牧場）

◆ "I saw a big rat in my cook-stove and when I went for a revolver he ran out."

"Did you shoot him?"

"No. He went out of **range**."

「我看到一隻大老鼠停在我的爐子上，而當我去拿左輪手槍時，牠跑走了。」

「你有射牠嗎？」

「沒有，牠跑出<u>射程</u>了。」（註：爐灶）

○ out of range 是「射程以外」的意思。

239 **record** [`rekəd] 名 唱片；紀錄

When better records are made, somebody will break them.

當有人<u>締造更好的紀錄</u>，就會有人打破它。（註：製作更好的唱片）

240 **reflect** [rɪ`flɛkt] 動 深思；反射

"What is the difference between a chatterbox and his mirror?"

"One talks without **reflecting**, the other **reflects** without talking."

「一個喋喋不休的人，和他的鏡子，有何差別？」

「一個是講話不三思，一個是只照東西、不講話。」

○ reflect 有「深思熟慮」和「反映、反射」的意思。

241 **relative** [rɪ`letɪv] 形 相對的
[`relətɪv] 名 親戚

Success is **relative**. The more success, the more **relatives**.　成功是相對的。越成功，親戚就越多。

○ 意指人一旦致富，所有的親戚都會靠過來。

242 **relief** [rɪ`liːf] 名 救援；安心

"A new pitcher is coming into the ball game."
"That's a **relief**."

「在這場比賽中，新投手要進場了。」

「那真是鬆了一口氣。」（註：當救援投手）

○ **relief pitcher** 是「救援投手」；「That's a relief.」是「這下終於可以鬆口氣了。」

243 **rest** [rest] 名 休息；其餘的部分

"I went to a hotel for a **change** and **rest**."
"Did you get it?"
"The bellboy got the **change** and the hotel got the **rest**."

「我去旅館是想轉換心情，並且好好休息一下。」

「那你目的達到了嗎？」

「服務生拿到了小費，旅館拿到了剩下的錢。」

244 retire [rɪˋtaɪr] 動 就寢；退休

Doctor: The best time to take this medicine is just before **retiring**.

Patient: You mean I don't have to take it until I'm 65 years old?

醫生：這藥最好在睡前服用。（註：退休前）

病人：你是說我在 65 歲之前都不必服用嗎？

245 right [raɪt] 名 正確；右邊

Some women have a wonderful sense of **right** and wrong, but little sense of **right** and left.

有些女人很能分辨對錯，卻不太能分辨左右邊。

○ 意指有些女人的方向感很差。

246 ring [rɪŋ] 名 打電話；戒指；門鈴響

36 Disc 1

◆ "If we become engaged, will you give me a **ring**?"

"Sure. What's your phone number?"

「如果我們訂婚，你會不會送我戒指？」

（註：打電話給我）

「當然，妳的電話號碼是多少？」

◆ "What ring is never worn?"

"The ring of a doorbell."

「什麼戒指永不磨損？」

「門鈴的響聲。」

247 **room** [ruːm] 名 房間；空間；餘地

"And how did you like living in an army tent?"

"Oh, I had no **room** to complain."

「在軍營中生活，感覺如何？」

「喔，我沒有抱怨的空間。」（註：機會）

248 **run** [rʌn] 動 跑；流動；管理；啟動

◆ A man was sitting on his sofa reading a horse racing newspaper while his baby daughter played on the floor in front of him.

"Baby's nose is **running** again," he said to his wife.

"Don't you ever think about anything except racing!" she replied.

一個男人在沙發上看賽馬新聞，他的女兒在他前面的地板上玩耍。

「寶寶又流鼻水了。」他對他太太說。

（註：「寶貝鼻」又出賽了）

「你就不能想想賽馬以外的事嗎？」她回答。

○ 太太以為 baby's nose 是馬的名字，因而大發脾氣。

◆ **Son** : Hey, Dad! Are you or Mom the boss in his house?

Dad : I am. I **run** things around the house.

Mom: That's right. He **runs** the vacuum cleaner, the dishwasher, the lawnmower, the . . . .

兒子：嘿，爹地，你和老媽誰是家中的老大？

爹地：我呀，這個家上上下下都我在管。

媽媽：沒錯，他啟動吸塵器、洗碗機、鋤草機……。

○ 爸爸 run 家裡的很多事情，例如吸塵器、洗碗機……。其實媽媽才是家中的老大。

249 running [ˋrʌnɪŋ] 名 跑步　副 連續的

A woman asked her friend, "Does your husband take any special exercise?"

The friend replied, "Last week he was out seven nights **running**."

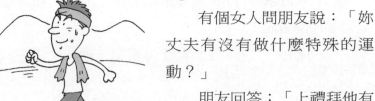

有個女人問朋友說：「妳丈夫有沒有做什麼特殊的運動？」

朋友回答：「上禮拜他有七個晚上都在跑步。」（註：連續七個晚上都沒有回家）

250 **safe** [seɪf] 名 安全;保險櫃

I used to be a **safe** driver but I gave it up. Who wants to drive a **safe**?

我本來是個安全駕駛,不過後來我放棄了。誰想要運送保險箱呢?

251 **saw** [sɔː] 動 see 的過去式 名 鋸子

I never **saw** a saw saw a saw.

我從來沒見過一支鋸子在鋸鋸子的。

○ 第一個 saw 是 see 的過去式,第二個 saw 是名詞,第三個 saw 是動詞的原形,最後的 saw 則是名詞。

252 **scale** [skeɪl] 名 秤;魚鱗;音階

◆ "Do fish sing?"
"Only when they have musical **scales**."
「魚會唱歌嗎?」
「牠們有音階的時候才會。」

◆ "Haven't you got a **scale**?" persisted the shopper.
"Lady," said the fish man. "I don't sell any **scales**. You gotta buy the whole fish."

111

「你沒有秤子嗎？」買東西的人一直問。

「小姐，」魚販說：「我不賣魚鱗的，妳得買整條魚才行啊。」

253 school [sku:l] 名 學校；魚群

Disc 1 37

"Why are fish so smart?"

"Because they go around in **schools**."

「魚為什麼這麼聰明？」

「因為牠們成群結隊。」（註：有去上學）

254 score [skɔːr] 名 樂譜；分數

"What is that book the orchestra leader keeps looking at?"

"It's the **score**."

"Really? Who's winning?"

「管絃樂團指揮一直在看的書是什麼？」

「樂譜。」（註：分數）

「真的呀？那誰贏了？」

255 seal [siːl] 名 印記；海豹

"Why don't you buy some Christmas **seals**?"

"I can't. I don't know what to feed them."

「你為什麼不買一些聖誕節的慈善郵票？」（註：海豹）

「不行，我不知道要餵牠們吃什麼。」

256 second [ˋsɛkənd] 名 秒 形 第二的

◆ "How many **seconds** are there in one year?"

"Only twelve, the **second** day of each month."

「一年之中有幾秒？」

「十二，每一月的第二天。」

○ second 有「秒」和「（月的）第二天」的意思。

◆ It's not the minutes spent at the table that put on weight. It's the **seconds**.　讓人體重增加的，不是坐在餐桌上所花的時間的長短，而是再來一碗。

○ second 有「秒」和「再來一碗」的意思。此外，「再來一碗」也可以說 a second helping。

257 see [siː] 動 看；看診

"Doctor, doctor, I keep thinking I'm the Invisible Man."

"Well, I can't **see** you now."

「醫生，醫生，我覺得我是隱形人。」

「嗯，我現在<u>看不見你</u>。」（註：不能幫你看診）

258 sense [sɛns] 名 感覺；意義

A punster is a person whose **sense** of humor seldom makes **sense**.

愛用雙關語的人，他的幽默感通常不太合理。

259 sentence [ˈsentəns] 名 句子；刑罰

A prisoner is the only person who doesn't mind being interrupted in the middle of a **sentence**.

囚犯是唯一不介意在句子中間被打斷的人。

● 意指囚犯即使受刑的過程中斷，也不會介意。

260 Seoul [sol] 名 漢城

38 Disc 1

Capital was her **Seoul** aim because she was a Korea girl. 她漢城的目標是首都，因為她是個韓國女孩。

（註：她唯一的目標是資本，因為她是個職業婦女。）

● 這個句子分別由 capital 的「首都」和「資本」、Seoul 和 sole、Korea 和 career 等三個諧音所組成。

261 serve [sɜːv] 動 服務；供應

"Waiter! Waiter! Do you **serve** children?"

"Only when there's nothing else in the freezer, sir."

「服務生，服務生！你接待小孩嗎？」「只有當冰箱裡什麼都沒了才會，先生。」

○ 把第一句想成「你們有供應小孩嗎？」。

262 **service** [`sɜːvɪs] 名 服務；禮拜

◆ "Waiter! Waiter! This is the worst **service** I've ever experienced."

"You should have heard the vicar in church last Sunday."

「服務生，服務生！這是我遇過最差的服務了。」

「你應該聽聽上禮拜日牧師在教會的演講的。」

○ service 有「服務」和「教會禮拜」的意思。意指那一位牧師的說教才是最差勁的。

◆ **Preacher:** The people in this church are so thoughtful. They are dedicating a plaque to those who **died in the service**.

Church member: Which **service**—morning or evening?

牧　　師：這教會裡的人真是體貼，他們為殉職的軍人獻上紀念徽。

教會成員：什麼時候的禮拜？早上的還是下午的？

○ die in the service 是因軍殉職，而教會的人誤以為是在禮拜中去世，所以問是早上的禮拜，還是下午的禮拜。

263 **seven** [`sɛvən] 名 七

"Why are you late for work?"

"There are eight people in my family, and the alarm was set for **seven**."

「你為什麼上班遲到？」

「因為我家裡有八個人，可是鬧鐘是調七點的。」

（註：為其中七個人而調的）

264 **shell** [ʃɛl] 名 砲彈；貝殼

Lady　　: How were you wounded, my kind man?

Soldier: By a **shell**, lady.

Lady　　: Did it explode?

Soldier: It crept up close and bit me.

小姐：仁兄，你怎麼受傷的？

士兵：小姐，我是被貝殼給弄傷的。（註：砲彈）

小姐：它是爆炸嗎？

士兵：牠爬過來咬了我一口。

265 shoe [ʃuː] 名 鞋子；立場

Son : Dad, what would you do if you were in my **shoes**?
Father: Polish them.

兒子：爸，如果你站在我的<u>立場</u>，你會怎麼做？

爸爸：把鞋子擦亮一點。

○ in someone's shoes 是「站在某人立場」，父親則故意按照字面解釋為穿兒子的鞋子。

266 short [ʃɔːrt] 形 矮的 副 不足的

"Can you describe the missing cashier?"

"Sure. He is five feet **tall** and $7,000 **short**."

「你能形容一下那個失蹤的收銀員嗎？」

「當然。他五呎高，讓我們少了七千塊錢。」

○ 意指會計帶著 7,000 美元捲款潛逃，所以少了 7,000 元。

267 shower [ʃaʊr] 名 陣雨；淋浴

39 Disc 1

The phone rang at the weather station.

"Is this the weather bureau?" a voice asked.

"Yes," said the janitor.

"How about a **shower** this afternoon?"

"Well," said the janitor. "If you need one, take one."

氣象站的電話響了。

「這裡是氣象局嗎？」一個聲音問。

「是的。」氣象員說。

「下午會下陣雨嗎？」

「這個嘛，」氣象員說：「如果你需要，就沖個澡吧。」

268 shrink [ʃrɪŋk] 動 收縮；退縮

"Why are children like denim?"

"Because they **shrink** from washing."

「為什麼孩子就像丹寧布？」

「因為他們都會遇水就縮。」

○ 丹寧布遇到水會收縮，而小孩討厭洗澡。

269 sick [sɪk] 形 生病的；厭倦的

"Why did you leave your last job?" asked the manager.

"Illness," said the job applicant.

"What kind of **illness**?"

"I don't know," the man said. "They just said they were **sick of** me."

「你為什麼離開上一個工作？」經理問。

「因為生病的關係。」應徵者說。

「生了什麼病？」

「我也不知道。」男人說：「他們只說，他們因為我而生了病。」

◎ be sick of somebody 是指對某人感到厭倦。

270 **single** [ˋsɪŋgl] 形 單一的；單身的

"Why is a room full of honeymooners empty?"

"Because there is not a **single** person there."

「為什麼一間擠滿度蜜月的人的房間，卻空空如也？」

「因為裡面<u>一個人也沒有</u>。」（註：沒有單身的人）

271 **sink** [sɪŋk] 動 沈沒　名 水槽

　　Marriage: that which begins when you **sink** into his arms and ends with your arms in the **sink**.

　　婚姻：由沈浸在男人的懷抱中開始，由雙手泡在水槽中而告終。

◎ 結婚是因為被對方吸引，但結婚後只有忙不完的家事。

272 **sit** [sɪt] 動 坐下

Patient: Doctor, doctor! I think I'm a dog.

Doctor : **Sit**!

病人：醫生，醫生！我覺得我是一隻狗。

醫生：坐下！

◐ 這是 sit「坐下」和「叫狗坐下」的雙關語。

273 **skip** [skɪp] 動 跳繩；省略

◆ The best way to lose weight is **skipping**—snacks and desserts.

減重最好的方法，就是跳過……零食和點心。

◐ 原本以為減肥的好方法是跳繩，看到最後才知道是不吃零食和點心。

◆ "Did you hear the one about the rope?"

"No."

"Oh, **skip** it."

「你有聽過關於繩子的事嗎？」

「沒有。」

「噢，<u>那就算了</u>。」（註：那就跳吧）

◐ 這是「skip (rope)」（跳繩）和「Skip it!」（別在意）的諧音。

274 **sleeping** [ˋsliːpɪŋ]
形 供睡眠用的；正在睡覺的

"Why did the nurse tiptoe past the medicine cabinet?"

"He didn't want to wake the **sleeping** pills!"

「為什麼護士要躡手躡腳地走過藥櫥？」

「因為他不想吵醒<u>安眠藥</u>！」（註：正在睡覺的藥片）

275 smart [smɑːrt] 形 聰明的；刺痛的

"Pray, Mr. Smith, why do you whip your children so often?"

"Mrs. Worthy, I do it for their enlightenment. I never whipped any one of them in my life without making him acknowledge that it made him **smart**."

「嘿，史密斯先生，你為什麼那麼常打你的小孩？」

「沃西太太，我是為了啟發他們。我有生以來，如果不是為了<u>讓他們增長見識</u>，我是不會打他們的。」

（註：讓他們知道那會痛）

276 smell [smel] 動 發出臭味；嗅

"How do you stop a dead fish from **smelling**?"

"Hold its nose."

「怎麼樣<u>讓死魚不發臭</u>？」（註：不讓魚聞到味道）

「把牠的鼻子捏住就行了。」

277 smoke [smouk] 動 抽菸；冒煙

"Say, mister, your car is **smoking**."

"Well, it's old enough."

「喂，先生，你的車在<u>冒煙</u>呢。」（註：抽菸）

「嗯，<u>年紀夠老了</u>。」（註：年齡夠大，可以抽菸）

278 sorry [ˋsɔːrɪ] 形 抱歉

"So, you're calling me stupid, eh? You'll be **sorry**."

"I've always been **sorry** that you're stupid."

「所以你說我是笨蛋囉？你會後悔的。」

「你這麼笨，我的確一直都為你感到遺憾。」

279 sound [saʊnd] 形 健全的　名 喧鬧聲

Today, when most people offer **sound** advice, it's 99 percent **sound** and 1 percent advice.

今天，有許多人提供忠告，但其中百分之九十九都是瞎起鬨，只有百分之一是好建議。

280 sour [saʊr] 形 酸的；不悅的

"My big sister uses lemon juice for her complexion."

"No wonder she always looks so **sour**."

「我姊姊常用檸檬汁敷臉。」

「難怪她看起來總是<u>很酸</u>。」（註：不太高興）

41 Disc 1 281 spider [ˋspaʊdɚ] 名 蜘蛛

"Why did the **fly fly**?"

"Because the **spider spied** her."

「蒼蠅為什麼飛走？」

「因為蜘蛛發現牠了。」

○ fly 有「蒼蠅」和「飛」的意思；spied her 有發音相近。

(282) **spill** [spɪl] 動 灑落；洩漏

"Now, Mary, when you wait on the guests at dinner, don't **spill** anything."

"Don't worry, Ma'am. I won't say a word."

「瑪麗，現在你去招待用晚餐的客人，<u>可別把東西灑出來了</u>。」（註：不要透漏任何事情）

「太太，別擔心，我一個字也不會說出去的。」

(283) **spirit** [`spɪrɪt] 名 心靈；靈魂；酒精

◆ **Sam**　: I think our school's haunted. Mom.

Mother : Why's that, son?

Sam　: Well, the principal is always talking about the school **spirit**.

山姆：媽，我覺得我們學校有鬼。

母親：為什麼啊，兒子？

山姆：因為，校長一直在講學校的<u>鬼魂</u>。

（註：立校精神）

◆ "My father puts people in touch with **spirits**."

"Is he spiritualist?"

"No, He runs a bar."

「我爸爸能讓人跟<u>靈魂</u>接觸。」（註：酒精）

「他是靈媒嗎？」

「不，他開了一間酒吧。」

(284) **sponge** [spʌndʒ] 名 海綿

"Why are you cleaning up the spilled soup with your cake?"

"It's a **sponge** cake!"

「你為什麼用蛋糕來擦濺出來的湯？」

「因為這是海綿蛋糕！」

○ 以為 sponge cake（海綿蛋糕）是用海綿做的蛋糕。

(285) **spot** [spɑːt] 動 發現；加上斑點

Hunter: I **spotted** a leopard.

Guide : You couldn't have. It was born that way.

獵人：我發現一隻花豹。（註：我幫一隻花豹畫上斑點）

嚮導：不可能的，牠們生來就有斑點了。

286 **spring** [sprɪŋ] 名 彈簧；春天；泉水

◆ A man went into a furniture shop and said that he wanted to buy a mattress.

"A **spring** mattress, sir?" asked the manager.

"No," said the customer. "One I can use all year round."

　　一個男人走進家具店，說他要買個墊子。「先生，是彈簧墊嗎？」店員問。（註：春天用的墊子）

　　顧客說：「不，我要一個一年四季都能用的。」

◆ "Where do you bathe?"

"I bathe in the **spring**."

"I didn't say when—I said where."

「你都在哪洗澡？」

「我在泉水裡沐浴。」（註：在春天時沐浴）

「我不是問時間，我是問地點。」

287 **square** [skwer] 形 方形的；安定的

◆ The home **circle** can never be kept **square** with a **triangle**.

　　一個家庭的圓，如果有三角形，就不能保持四方形。（註：一個家庭體系如果有三角關係，就不能保持安定。）

○ square 有「正方形」和「井然有序、安定」的意思。circle、square、triangle 是相關字。

◆ Indigestion is what you get when a square meal doesn't fit in a round stomach.

方形餐和圓形的胃不相容的時候，就會消化不良。

○ square meal 是指一頓飽餐。

01 Disc 2 **288** **stable** [ˈsteɪbl] 形 安定 名 馬廄

The first horse motel was opened to provide animals with a **stable** environment.

第一家為了馬匹而開的汽車旅館，是為了要提供動物安定的環境。（註：馬廄）

○ horse 和 stable 是相關字。

289 **star** [stɑːr] 名 星星；明星

Scientist: What is a **star** with a tail called?
Boy　　: Mickey Mouse.

科學家：有尾巴的星星叫什麼？

男　孩：米老鼠。

○ 誤以為是問「有尾巴的明星」，故回答「米老鼠」。正確的答案應該是 comet（彗星）。

290 **state** [steɪt] 名 州；狀態

"I am the most graceful dancer in this **state**."

"You may be in this **state**, but you're not when you're sober."

「我是本州最優雅的舞者。」

「在這個狀態下可能是，但妳清醒時就不是了。」

○ 把對方的意思誤解為「在這個狀態下（酒醉）是最優雅的舞者」，因此說「清醒的時候就沒那麼好了」。

291 **steal** [stiːl] 動 偷竊；盜壘

"Why was the baseball player arrested in the middle of the game?"

"He was caught **stealing** second base."

「為什麼棒球員在比賽中途被逮捕了呢？」

「因為他在盜二壘時被刺殺了。」

292 **step** [step] 名 階段；踏步

"How are your violin lessons progressing?"

"Not bad. I've already mastered the first **steps**."

"I thought you played the violin with your hands."

「你的小提琴課進展得如何？」

「好得很。我已經可以掌握基礎的東西了。」

「我還以為你是用雙手來彈小提琴的呢。」

○ 誤把第一階段（the first steps）當作踏步（step）。

293 stiff [stɪf] 形 酒性烈的；僵硬的

I asked my wife to give me a **stiff** drink and she put starch in my tea. 我叫我太太給我一杯烈酒，結果她把澱粉放進了我的茶。

○ 丈夫要烈酒（stiff drink），太太故意理解成「僵硬的」飲料，所以就把澱粉放進茶裡，以便凝固。

294 stir [stɪr] 動 攪拌；動

Doctor: How's the woman who swallowed a spoon?

Nurse : She hasn't **stirred** at all.

醫生：吞下湯匙的那個女人怎麼樣了？

護士：她動也不動。（註：無法攪拌）

295 stole [stoʊl] 名 披肩；steal 的過去式

Judge : You say your arrest was due to a misunderstanding.

Prisoner: Yes, Your Honor. My wife kept saying she wanted a mink **stole** for her birthday so I finally went out and **stole** one.

法官：你說你被逮補是因為一場誤解。

因犯：是的，庭上。我太太一直說要一件貂皮披肩當生日禮物，所以最後我就出去偷了一件。

○ 貂皮披肩是「mink stole」，而丈夫誤以為是要去偷來
（過去式 stole）。

296 story [ˋstɔːrɪ] 名 故事；樓層

Then there's a sad tale about the two-**story**
house. The real estate man told him one story before

he bought it and another
one after.

那棟雙層樓的房子，
有一個悲慘的故事：在買
之前，房屋仲介說的是一
套話；買了以後，仲介說
的則是另一套話。

○ two-story house 是兩層樓房，這裡指房子有兩個故事。

297 straight [streɪt] 形 直的；純的

Teacher: Who can spell "**straight**"?

Louis : I can. S-T-R-A-I-G-H-T.

Teacher: Correct, Louis. And what does "straight" mean?

Louis : Without ginger ale.

老　師：誰能把「straight」拼出來？

露意絲：我會。S-T-R-A-I-G-H-T。

老　師：答對了，露意絲。那 straight 是什麼意思呢？

露意絲：沒有加薑酒。

....

◯ 未稀釋的純酒也稱為「straight」。

298 strike [straɪk] 動 打動人心；撞到

The first thing that **strikes** a stranger in New York is a big car.

　　在紐約，會最先打動外地人的，就是大車子。

....

◯ 意指在紐約，異鄉人第一件會遇到的事，就是被大車子撞到。

299 stroke [stroʊk] 名 鐘響 動 strike 的過去式

I never see my husband at breakfast. Being a boxer, he never gets up before the **stroke** of ten.

　　我從來沒在吃早餐時看到我丈夫。他是個拳擊手，十點以前是不會起床的。（註：數到十之前）

....

◯ at the stroke of ten 是「時鐘敲打十點」的意思。拳擊手被擊倒後，裁判會數十秒鐘，十秒內沒有起來，就算輸了。

300 **stupid** [ˋstuːpɪd] 名 笨蛋 形 愚蠢的

"Say, I went to college, **stupid**."

"Yes, and you came back **stupid**."

「喂，我上大學了，笨蛋。」

「對呀，你回來的時候，仍是個笨蛋。」

○ 指對方不管進大學還是畢業，都是個笨蛋，但正確的用法應該用 stupidly，意指「很笨地去上大學，很笨地放學回家」。

1

同音同字

301 **subject** [ˋsʌbdʒekt] 名 主題；子民

King : If you can make a joke on any **subject**, let's hear you make one on me.

Jester: The king is not a **subject**.

國王：如果你可以用任何主題來說笑話，那就以我為主題，說一個笑話吧。

小丑：國王不算是子民啦。

○ 第一個 subject 是「主題」；第二個是「子民」之意。如此一來，機智的小丑就避免了開國王玩笑所可能招致的危險。

03 *Disc 2* 302 **suffering** [ˋsʌfərɪŋ] 名 痛苦

Marriage is a three-ring circus: engagement ring, wedding ring, **suffering**. 婚姻，是一個有三個舞台的

馬戲團：訂婚、結婚，和痛苦。

○ ring 有「馬戲團的舞台」和「戒指」的意思。suffering 並不是一種戒指，但是也形容了婚姻，並有押韻的趣味。

③⑩③ suit [suːt] 名 套裝；訴訟

There once was a lawyer who joined a nudist colony. He never had a **suit** again.

有一次，有個律師參加了天體營。後來，他就<u>不再穿衣服</u>了。（註：接不到訴訟案）

○ 參加天體營，是不穿衣服（suit）的，律師的訴訟案也稱為 suit。

③⑩④ swallow [ˋswɑːlou] 動 吞嚥；輕信

Arthur : You have an awfully good stomach, haven't you, Mamma?

Mother : Why do you say that?

Arthur : I heard Daddy tell my nurse you **swallow** everything he tells you.

亞瑟：媽媽，妳的胃一定很好，對不對？

媽媽：為什麼這麼說？

亞瑟：我聽到爸爸跟保母說，妳吞下他的每一句話。

○ 爸爸的意思是，媽媽全盤相信自己說的話，而亞瑟以為媽媽可以吞下每一句話，胃一定很好。

305 swear [swer] 動 發誓；詛咒

"She **swears** she's never been kissed."

"That's why she **swears**."

「她發誓說她沒有被吻過。」

「所以她才詛咒呀。」

○ 一開始以為她發誓自己還保有初吻，後來才知道，她是因為沒有可以親吻的人而發出詛咒。

306 t [tiː] 名 英文的第 20 個字母

"What sort of a car has your dad got?"

"I can't remember the name. I think it starts with T."

"Really? Ours only starts with gasoline."

「你爸是開哪一種車？」

「我不記得名字了，應該是 T 開頭的。」

「真的喔？我們家的車子只能用汽油來發動耶。」

○ 「it start with T」除了「以 T 開頭」，聽起來也像「用茶（tea）來發動」之意。

同音同字 **1**

307 **table** [`teɪbl] 名 桌子

"Why are waiters good at multiplication?"

"Because they know their **tables**."

「為什麼服務生的乘法很好？」

「因為他們對<u>餐桌</u>很清楚。」（註：九九乘法表）

○ 九九乘法表是 multiplication table。

308 **tailor** [`teɪlɚ] 名 裁縫

The president of the **tailors** union held a **press** conference.

裁縫工業的會長舉行了記者會。

○ 這是 tailor 和 press（熨燙、新聞界）的雙關語。

04 Disc 2 309 **take** [teɪk] 動 測量；拿取；修課

◆ "Did the doctor **take** your temperature?"

"I don't think so. All I'm missing so far is my wrist watch."

「醫生有<u>量</u>你的體溫嗎？」（註：拿走）

「我想沒有吧。我不見的東西只有腕錶而已。」

◆ "What is your son **taking** in college?"

"Oh, he's **taking** all I've got."

「你兒子在大學裡學什麼？」

「噢，他拿走我所有的財產。」

○ take course 是「選課」，take all I've got 是「拿走我全部的財產」。

310 **tall** [tɑːl] 形 高的

"Have you heard the story about the skyscraper?"

"It's a **tall** story."

「你有聽過摩天大樓的故事嗎？」

「這是個誇張的故事。」

○ 既指摩天大樓很高（tall），亦指誇張的故事（tall tale）。

311 **teach** [tiːtʃ] 動 教導

"How old is Professor Greene?"

"Pretty old. They say he used to **teach** Shakespeare."

「格寧教授多老了？」

「很老了，聽說他還教過莎士比亞呢。」

○ 格寧教授教授「莎士比亞」這一科目，而非教過大文豪莎士比亞（William Shakespeare, 1564-1616）這個人。

312 **tell** [tel] 動 告訴

"Does your watch **tell** the time?"

"No. You have to look at it."

「你的手錶會顯示時間嗎？」

「不會，你要自己去看才行。」

....

● 把問題聽成「你的手錶會講話報時嗎？」

313 **temple** [ˋtɛmpl] 名 寺廟；太陽穴

"Where was **Solomon's Temple**?"

"On the side of his head."

「所羅門聖殿在哪裡？」

（註：所羅門王太陽穴）

「在他頭的兩側。」

....

● Solomon（所羅門王）是
《聖經》中的賢明君王，
其年代約西元前十世紀。

314 **tie** [taɪ] 名 領帶；和局

　　Did you hear about the baseball game between
the 'Collars' and the 'Shirts'? The game ended in a **tie**.

　　你有聽過領口隊和上衣隊的棒球賽嗎？結果是以平
局收場。（註：領帶）

315 **to** [tʊ] 介 到

Wife : Wake up, Mike. It's five **to** one.

Husband: In whose favor?

太太：麥克，起床了，再五分就一點了。

丈夫：誰領先？

○ 丈夫把 five to one 聽成是比數五比一。

05 Disc 2 ## 316 **toast** [toʊst] 動 烤；乾杯

"Why are beautiful women like bread?"

"Because they are always **toasted**."

「為什麼美女和麵包很像？」

「因為他們都會被烤。」

○ 麵包會被烤（toast），而美女則易成為乾杯（toast）的對象。

317 **touch** [tʌtʃ] 動 靠岸

"When you sailed around Italy, did you **touch** Florence?"

"No, her husband was home."

「當你航行到義大利時，有在佛羅倫斯靠岸嗎？」

（註：有碰佛羅倫斯嗎）

「沒有，她丈夫在家。」

- 把 Florence 誤以為是一位女性。Florence 的義大利語
  是 Firenze（翡冷翠）。

318 towel [tauəl] 名 毛巾

"Why did the man enjoy his work in the **towel** factory?"

"Because it was a very absorbing job."

「為什麼那個男人很享受他在毛巾工廠的工作？」

「因為那工作很吸引人。」

- 毛巾會吸水（absorb），和 absorbing（引人入勝的）
  是相關字。an absorbing job 是「非常有趣的工作」。

319 treat [triːt] 動 治療；請客

"Did the doctor **treat** you yesterday?"

"No, he charged me ten dollars."

「醫生昨天有治療你嗎？」（註：請你客）

「沒有，他收了我十塊錢。」

320 trial [traɪəl] 名 預賽；審訊

"I've just been to the sheep dog **trials**."

"Really, were they all found guilty?"

「我剛去看了牧羊犬預賽。」（註：對牧羊犬的偵訊）

「真的啊，牠們都被認為是有罪的嗎？」

321 **trunk** [trʌŋk] 名 旅行用皮箱；大象的鼻子

"What did the hotel manager say to the elephant who couldn't pay his bill?"

"Pack your **trunk** and clear out."

「大象付不起帳單，飯店經理會怎麼跟牠說？」

「打包你的象鼻走人吧。」（註：皮箱）

322 **trying** [ˋtraɪɪŋ]
動 try 的現在進行式　形 挑剔的

"I'm **trying**." 　　　　　　我正在努力。

"Yes, you're very **trying**." 　沒錯，你很吹毛求疵。

323 **twig** [twɪg] 名 細枝

Customer: Waiter, there's a **twig** in my soup.

Waiter : One moment, sir. I'll call the **branch** manager.

客　戶：服務生，我的湯裡面有小樹枝。

服務生：先生，請稍等。我去叫樹枝經理來。（註：分店經理）

324 under [ˋʌndɚ] 介 在……之下

"My brother is working with a thousand men **under** him."

"Where?"

"Mowing lawns in a cemetery."

「我哥哥的工作，底下有一千個人。」

「他在哪裡工作啊？」

「他在墓地做鋤草的工作。」

○ 原本以為是手下有一千人，到後面才知是在墓地鋤草。

325 up [ʌp] 副 朝向；完全 形 站著的；起床的

◆ "Where are you going to eat?"

"Let's eat **up** the street."

"Oh, no. I don't like asphalt."

「你要去哪吃飯？」

「我們去街上吃吧！」（註：我們把這條街吃光吧）

「噢，不了。我並不喜歡吃柏油。」

○ eat up 是「吃完」的意思。

◆ "Were you ever **up** before the Judge?"

"I don't know; what time does the Judge get up?"

「你曾經站在法官前面（被審判）嗎？」

「不知道耶，法官都幾點起床？」

◯ 把第一句聽成「你曾經比法官早起床嗎？」

326 **vessel** [ˋvɛsl] 名 導管；大型的船

He went to the pier looking for the blood **vessels**.

他去碼頭上找血管。

（註：找大船）

◯ pier 和 vessel 是相關字。

327 **view** [vjuː] 名 觀點；視域

"What are your **views** on kissing?"

"I haven't any—my girl's hair always gets in my eyes."

「你對親吻的看法如何？」

「什麼都看不到，我女友的頭髮總是跑到我的眼睛裡。」

◯ 以為對方是問「在親吻的時候看見什麼」，所以回答「被女友的頭髮遮住，什麼也看不見」。

328 **wait** [weɪt] 動 等待；伺候用餐

A waiter is a man who finally comes to him who **waits**.

等待者，就是終於等到有人來服務他的人。

◯ waiter 原指服務生，這裡則指等待的人。意指一直等不到服務生來服務。

329 **watch** [wɑːtʃ] 動 看；注意；警戒 名 手錶

◆ "Why do you keep staring down all the time?"

"The doctor told me to **watch** my stomach."

「你為什麼一直往下瞧？」

「因為醫生叫我<u>看我的胃</u>。」（註：注意我的胃）

◆ "Who was the smallest man in history?"

"The Roman soldier who went to sleep in his **watch**."

「史上最迷你的人是誰？」

「<u>在手錶裡面睡覺的</u>羅馬士兵。」（註：在執勤時跑去）

330 **wave** [weɪv] 動 揮手

"What did the sea say to the beach?"

"Nothing—it just **waved**."

「海跟沙灘說什麼？」

「沒說什麼，<u>它只有揮手</u>。」（註：它只是起波浪）

331 **wear** [wer] 動 穿戴；磨損

"What **wears** shoes but has no feet?"

"Pavement."

「誰穿鞋子，卻沒有腳？」（註：把鞋子磨破）

「人行道。」

332 well [wɛl] 名 井　形 良好的

◆ **City man** : Is your water supply **healthy**?

Farmer : Yes, we use **well** water.

都市人：你的供水系統安全嗎？

農　夫：是的，我們都用井水。（註：安全的水）

◆ Just after midnight, there was a rapping at the doctor's door. Dragging himself out of bed and poking his head from the window, he shouted down at the lone figure. "**Well**?"

　The woman looked up. "No, I'm **sick**."

　午夜剛過，有人來敲醫生的門。醫生爬出被窩，把頭伸出窗外，對那長長的人影說：「怎麼啦？」

　女人抬頭看，說：「不，我生病了。」

○ well 有「怎麼樣？（用於問句）」和「健康的」的意思。女人以為對方在問「妳還好嗎？」

333 whistle [`wɪsl] 動 吹口哨

"How do you know football referees are happy?"

"Because they **whistle** while they work."

「你怎麼知道足球裁判很快樂？」

「因為他們工作的時候都會吹口哨。」

◯ 因心情愉悅而吹口哨，和裁判吹哨的英文都是whistle。

334 **wild** [waɪld] 形 野生的；狂暴的

"Waiter, do you have **wild** duck?"

"No, sir. But I can irritate a tame one for you."

「服務生，你們有賣野鴨嗎？」

「先生，沒有。不過我可以幫你把溫馴的鴨子激怒喔。」

◯ 服務生以為客人要凶暴的鴨子。

335 **will** [wɪl] 名 意志；遺囑

Many a girl is looking for an older man with a strong **will**—made out to her.

許多女孩都在找老年男人——會為妻子寫下可觀的遺囑。

◯ make out his will to his wife 指「為他妻子寫下遺囑」。

336 **wind** [wɪnd] 動 蜿蜒；上發條

"Why is a watch like a river?"

"Because it doesn't run long without **winding**."

「為什麼手錶和河流很像？」

「因為手錶沒有上發條就走不久。」

○ 手錶要上發條才走得久，而河流要有蜿蜒的下游才流
得久。

337 **with** [wɪð] 連 和；伴隨著

"Where do you think you're going?"

"To church."

"What? **With** dirt all over your face?"

"No, **with** Jimmy Green from next door."

「你想你要去哪裡？」

「去教堂。」

「什麼？你的臉很髒耶。」

「不是，是要和隔壁的吉米‧格林一起去的。」

○ 「with dirt all over your face」是指臉很髒，這裡則被
當成「和你臉上的灰塵一起去」。

338 **wonder** [`wʌndɚ] 形 奇妙的 動 想知道

Teacher：We teachers all call your son our **wonder** child.

Mother ：That's very nice to hear.

Teacher：Yes, we all **wonder** if he's ever going to learn
anything.

老師：我們老師都叫你的小孩是神奇小童。

母親：聽到這話真高興。

老師：是呀，我們都想知道他什麼時候才能把事情學
　　　會。

○ 母親以為老師的意思是「這孩子很神奇」，後來才知
　道老師的意思是「想知道他什麼時候才會懂事」。

339 **yard** [jɑːrd] 名 碼；庭院

Teacher: How many feet are in a **yard**?

Andy : I t depends on how many people there are in
　　　　　the **yard**.

老師：一碼有幾呎？（註：院子裡有幾隻腳）

安迪：要看有多少人站在院子裡。

340 **yellow** [`jelou] 形 黃色的；膽怯的

"A lemon and an orange were on a high diving
board. The orange jumped, but the lemon didn't.
Why?"

"The lemon was **yellow**."

「檸檬和柳丁站在很
高的跳水板上，柳丁跳下
去了，可是檸檬沒有跳，
為什麼？」

「因為檸檬是<u>黃</u>
<u>的</u>。」（註：很害怕）

341 **your** [jʊr] 代 你的

"What did the sensible monkey say to the crazy monkey when he gave him his dinner?"

"**Your** nuts."

「聰明的猴子要把晚餐給瘋瘋癲癲的猴子時，會說什麼？」

「你的乾果。」（註：你這笨蛋）

○ nut 有「乾果」和「笨蛋」的意思。「your nuts」和「you're nuts」發音相近，前者是「你的乾果」，後者則指「你是笨蛋」。

342 **youth** [juːθ] 名 年輕；年輕人

A woman has to keep **youth** if she want to keep her **youth**.

如果女人想留住身邊的年輕人，就必須保持年輕。

○ 此句亦可解讀成：女人若想保持年輕，身邊就必須有年輕的男人。

2 同音異字

001 **ate** [et] 動 吃（過去式）

John : Miss, I eaten seven sausages for dinner.

Teacher: **Ate**, John, ate.

John : It may have been **eight**, Miss. I know I eaten an awful lot.

約翰：老師，我晚餐吃了七根臘腸。

老師：是 ate，約翰，是 ate。

約翰：老師，是有可能吃了八根。我知道我吃了很多。

- John 把 eat 的過去式 ate 說成 eaten。老師糾正他的錯誤，但他卻聽成是 eight。

002 **b** [biː] 名 英文字母的第二個字

Teacher : How did you get that horrible swelling on your nose?

Smart Scott: I bent over to smell a brose.

Teacher : There's no "**b**" in rose.

Smart Scott: There was in this one.

老　　師：你的鼻子怎麼腫成那樣？

聰明史考特：我彎下身去聞一朵「brose」。

老　　師：「rose」這個字沒有 b。

聰明史考特：這一朵有。

───────────

○ 老師說「rose」這個單字沒有「b」，史考特則說他去聞的那一朵花有「bee」。

(003) **band** [bænd] 名 樂團

Mayor　　: What do you think of our village **band**?

Old man: Yes, I think it ought to be.

Mayor　　: Ought to be what?

Old man: **Banned**.

市長：你覺得我們的鄉村樂團怎麼樣？

老人：我覺得這個樂團是該要的。

市長：該要怎樣？

老人：該要被禁止。

───────────

○ band 和 banned 發音相近。

(004) **bean** [biːn] 名 豆子

Man in Restaurant: Waiter, what's this?

Waiter : It's **bean** soup, sir.

Man　　: I don't care what it's **been**, what is it now?!

用餐者：服務生，這是什麼啊？

侍　者：這是豆子湯。

用餐者：我不管它一直是什麼。它現在是什麼啦？

○ 這是「It's bean soup.」和「It's (= It has) been soup.」的諧音，意指「已經放到冷掉的湯還能喝嗎？」

005　bear [ber] 名 熊

Fay : Do you hunt **bear**?

Ray : No, I always wear hunting clothes.

費：你獵熊嗎？

雷：不，我都有穿獵裝啊。

○ 這是把 bear 聽成 **bare**，以為對方在問「是否裸體打獵」。獵熊的正確說法是 hunt bears。

006　berth [bɜːθ] 名 臥舖

A man bought the only remaining sleeping car space. An old lady next to him in line burst into tears, wailing that it was of vital importance that she have a **berth** on that train. Gallantly the man sold her his ticket, and then strolled to the telegraph office.

His message read: "Will not arrive until tomorrow. **Gave berth to** an old lady."

有個男人買走最後一張臥舖車票，一旁的一位老婦人為此痛哭失聲。她哀泣說，她有沒有買到有臥舖的車票，事關重大。男人便很有男子氣概地將票賣給她，然後走到電報室去。

　　他發送了一則電報：「明天之前到不了。我剛剛<u>把</u><u>臥舖給了一個老婦人</u>。」（註：生了）

○ berth 和 **birth** 發音相近。give birth to ... 是「生產」的意思。因此也可解釋為「生老婦人」。

007 **blew** [bluː] 動 blow（吹）的過去式

　　An observant man claims to have discovered the color of the wind. He says he went out and found it **blew.** 　一個觀察力敏銳的人宣稱他發現了風的顏色。他表示，他走出門外時，發現<u>風是藍色的</u>。（註：風在吹）

○ 這是 blew（blow 的過去式）和 blue 發音相近。「it blows」是「風吹」的意思。

008 **brake** [breɪk] 名 煞車

_{10
Disc 2}

　　Then there was poor Jackson, who was with the automobile manufacturer for less than a month, when he was fired for **taking a brake**.

　　可憐的傑克森在汽車廠工作不到一個月，就因為偷了煞車，而被炒魷魚了。

● brake 和 break 音相似。因此原指偷了煞車而被解雇，
諧音則是因為稍作休息（**take a break**）而被解雇。

009 **bread** [bred] 名 麵包

"Why do hot dogs always say 'please' and 'thank you'?"

"Because they're well **bread**."

「為什麼熱狗都會說『請』和『謝謝』？」

「因為他們是很好的麵包。」

● 這是 bread 和 **bred**（breed〔養育〕的過去分詞）的諧
音。well-bred 是「有教養」的意思。

010 **buy** [baɪ] 動 購買

The hard part of being broke is watching the rest
of the world **go buy**.　破產最令人難過的地方，就是看
到世上的其他人都在買東西。

● 這是 go buy（＝ go to buy）和 **go by**（通過）的諧音。

011 **bye** [baɪ] 再見

Alimony: **bye** now, pay later.

贍養費：現在說再見，晚點得付費。

● 這是 bye 和 **buy**（買）的諧音。「Buy now, pay later.」
是分期付款的標語。

012 C [siː] 名 英文第三個字母

A boy came from school with his exam results.

"How did you get on, son?" asked his father.

"My marks were under water," said the boy.

"What do you mean 'under water'?"

"They were all below 'C' level!"

男孩帶著考試成績回家。

父親問：「考得怎麼樣啊，兒子？」

「我的成績在水底下。」男孩說。

「你說『在水底下』是什麼意思？」

「都在 C（註：sea）以下！」

○ 「under water」是水平面下的意思，也就是在海（sea）以下，諧音是在 C 以下。

013 cell [sel] 名 單人牢房

Homer : How did the play they put on in the jail turn out?

Gomer : Great—it was a cell out.

全 壘 打 者：他們在監獄中上演的戲劇，結果如何？

新見習軍官：棒極了——有個人逃獄了。（註：票都賣光了）

○ cell out 音近 sell out（銷售一空）。

014 cent [sent] 名 一分錢

"How much is that skunk worth?"

"A **cent**."

「那隻臭鼬多少錢？」

「一分錢。」

● 這是 cent 和 **scent**（臭味）的諧音。

015 center [`sen⹁tɚ] 名 中心

Disc 2 *11*

"Why is your nose in the middle of your face?"

"Because it's the **center**."

「你的鼻子為什麼位在臉的中間？」

「因為它是<u>中心</u>。」（註：管嗅覺的）

● 這是 center 和「scent（嗅出）＋ er（物）」的諧音。

016 cheep [tʃiːp] 動 吱吱喳喳

Farmer: I'm going to hire birds to harvest my crops.

Hired Hand: Why?

Farmer: I heard they're **cheep**

labor.

農夫：我打算雇用鳥兒來
　　　替我種穀子。

雇工：為什麼？

農夫：我聽說牠們很會吱吱喳喳。（註：工資很便宜）

○ 鳥兒會吱吱喳喳，所以是 cheep labor，與 **cheap** labor （廉價勞工）音相近。

017 chili [ˋtʃɪli] 名 紅椒粉

Oscar : Let's have dinner at that new Mexican place.

Felix : No, I'd rather not. It's too cold there.

Oscar : How do you know that? You've never been there.

Felix : Well, a friend of mine eats lunch there a lot, and he told me that every time he goes there, he gets **chili**.

奧斯卡　　：我們去那家新開的墨西哥餐廳吃晚餐吧。

菲力克斯：我想還是不要吧，那裡太冷了。

奧斯卡　　：你怎麼知道？你又沒去過。

菲力克斯：我朋友常去那裡吃午餐，他告訴我說，他每次去都覺得很冷。

○ 這是把 chili 聽成 **chilly**（寒冷）。chili con carne 也可單稱為 chili，是用絞肉、豆子、洋蔥、辣椒粉做成的墨西哥料理。

018 China [tʃaɪnə] 名 中國；瓷器

"What country is useful at meal times?"

"**China**."

「哪一個國家在用餐時間，是最派得上用場的？」

「中國。」

● 用餐時都要用到 china（瓷器）。

019 clothed [kləʊðd]

動 clothe（穿衣）的過去式

A restaurant, reprimanded by the police for its topless waitresses, posted this sign: "**Clothed** Till Further Noticed." 一家餐廳因為有上空女服務生而被警方取締。警方貼上了如下的標誌：「穿上衣服，等待進一步指示。」（註：停止營業）

● 這是 clothed 和 **closed**（關門、歇業）的諧音。

020 dam [dæm] 名 水壩

"Grand Coulee!" screamed the minister as he hit his finger with a hammer.

"Grand Coulee? What do you mean Grand Coulee?"

"Grand Coulee—that's the world's largest **dam**, isn't it?" asked the minister.

「大古力水壩！」牧師用鐵鎚敲到自己的手指時叫道。

「大古力水壩？大古力水壩是什麼意思？」

「大古力水壩是世界上最大的水壩，不是嗎？」牧師問。

○ 這是 dam 和 **damn**（可惡）的諧音。Grand Coulee Dam 是位於美國華盛頓州的水壩。

021 **dear** [dɪr] 形 昂貴 名 愛人

◆ **Lady** : Is that meat **dear**?

Butcher : No, lady, that meat is lamb.

小姐：這肉貴嗎？（註：那是鹿肉嗎）

屠夫：不，小姐，那是羊肉。

○ 這是把 dear（高價）聽成是 deer（鹿）。

◆ A marriage license is really a hunting license for one **deer** only.

結婚證書，就是只能抓一隻鹿的許可證。

○ 這是 deer（鹿）和 **dear** 的諧音。意思是說，結婚證書是只能擁有一個愛人的證明。

022 **dying** [ˈdaɪɪŋ] 形 快死亡的

12 Disc 2

You said your mother is **dying** but I just saw her at the beauty parlor.

你說你媽媽快死了，可是我剛才還看到她在美容院。

● 原是說在「染頭髮」（dyeing），對方卻聽成「快死了」（dying）。

023 e [iː] 名 英文的第 5 個字母

Alphabetically speaking, it's the I's of a woman that disturb the **E's** of a man.

從字母上來說，是女人的 I，打擾了男人的 E。

● 這是 I's 和 **eyes**，E's 和 **ease** 的諧音。意思是說「女人的秋波，會擾亂男人內心的平靜」。

024 **Eiffel Tower, the** 名 艾菲爾鐵塔

For tourists, Paris offers many attractive views. That's why the most famous tower there is called **Eiffel**.

巴黎提供遊客許多吸引人的景點，也因此，那裡最有名的塔叫做<u>艾菲爾鐵塔</u>（註：引人注目塔）。

● 這是 Eiffel 和 **eyeful**（引人注目）的諧音。

025 **envy** [ˋɛnvɪ] 動 嫉妒

"How do you spell jealousy with two letters?"
"**NV**."

「你要怎麼用兩個字母形容嫉妒？」
「NV」。

● NV 的發音和 envy 相同。

026 eve [iːv] 名 前夜

The time of the day when Adam was born was a little before **eve**.

亞當出生的時間，是在半夜前不久的時候。

○ 這是 eve 和 Eve（夏娃）的雙關語。根據聖經上記載，亞當是神最初所創造的男性，之後又取出亞當的肋骨，創造出第一位女性夏娃。

027 flu [fluː] 名 流行性感冒

"My name is St. Peter. How did you get here to heaven?"

"**Flu**!"

「我是聖‧彼得。你是怎麼來到天堂的？」

「流行性感冒！」

（註：飛來的）

○ St. Peter 是耶穌的第一位門徒，在天國之門迎接去世者。這裡有 flu 和 flew（fly 的過去式）的諧音。意思是說這個人得了流行性感冒而死，飛到天國去了。

028 four [fɔːr] 名 四

Bill ：How can it be proved that a horse has six legs?

Will ：He has **four** legs and two behind.

比爾：馬有六隻腳，要怎麼證明？

威爾：牠有四隻（前）腳，後面還有兩隻。

⬤ 這是把 four（四隻）聽成是 **fore**（前面）的意思。

029 **fourth** [fɔːrθ] 形 第四的

"What date of the year is a command to go forward?"

"March **4th**."

「一年中哪一天的日期，是叫你踏步向前進？」

「三月四號。」

⬤ March fourth 音似 march forth。

030 **Grimm** [grɪm] 名 格林兄弟

"Enough of your fairy tales," he said **Grimmly**.

「我聽夠了你的童話故事了。」他嚴厲地說。

⬤ 「Grimm ＋ ly」和 grimly（嚴厲地）的雙關語。

031 **groan** [groʊn] 動 抱怨

I once overheard a small girl talking to one of her friends: "The way mommies and daddies and teachers are always moaning and complaining I think that's why they're called **groan-ups**."

有一次，我偶然聽到一個小女孩和她朋友說：「媽媽、爸爸和老師總是一直在發牢騷和抱怨，難怪他們叫 groan-ups。」

○ 這是 groan（呻吟、哼）和 grown（成熟的）雙關語。**grown-up** 是「成人」的意思。

(032) **gym** [dʒɪm] 名 健身房

When the college girl announced she weighed 140 pounds stripped for **gym**, her anxious father wanted to know who "Jim" was.

一個大學女生說，她在健身房中脫衣測量體重是 140 磅重，她的父親很緊張地想要知道誰是吉姆。

○ 父親把 gym（體育 gymnastics）聽成 **Jim**，以為她脫衣服是為了 Jim。

(033) **hole** [houl] 名 洞

"I'm the new manager of a doughnut factory."

"Congratulations! Are you in charge of everything?"

"Yes, the **hole** works."

「我是甜甜圈工廠的新經理。」

「恭喜！所有事都歸你管嗎？」

「對，和洞有關的工作都歸我管。」

2 同音異字

● 這是 hole 和 **whole**（全部）的諧音。這裡的 hole 指甜甜圈中間的那個洞，意即做甜甜圈的工作都歸他管。

034 horse [hɔːrs] 名 馬

"Why couldn't the pony talk?"

"He was a little **horse**."

「迷你馬為什麼不會講話？」

「因為牠是隻小馬。」（註：聲音啞掉了）

● 這是 a little horse 和 a little **hoarse**（聲音有點沙啞）的諧音。pony 是一種身高不到 150 公分的小型馬。

035 i [aɪ] 名 英文的第 9 個字母

When two egotists meet, it's a case of **an I for an I**.

兩個很自我的人碰在一起時，就是兩個「我」互相槓上了。

● an I for an I 和 **an eye for an eye**（以眼還眼）發音相近。「An eye for an eye, and a tooth for a tooth.」是「以眼還眼，以牙還牙」的意思。

036 idol [ˋaɪdl] 名 模範

"He is the **idol** of the family."

"Yes, **idle** for twenty years."

「他是家裡的偶像。」

「是啊,閒晃了二十年。」

○ 這是 idol 和 idle(遊手好閒)的諧音。

037 inn [ɪn] 名 客棧

It was an ad which caught people's eye: the hotel manager wrote that she was looking for people who were **inn**-experienced.

有一則廣告,很引人注意:飯店經理徵求有「客棧經驗」的人。

○ 這是 inn 和 in-(表否定)的諧音。inexperienced 是「沒有經驗」的意思。

038 jungle [ˋdʒʌŋgl] 名 叢林

At Christmas time in Africa, Santa Claus arrives accompanied by **jungle** belles. 非洲在聖誕節時,聖誕老公公會由叢林美女伴隨來到。

○ 這是 jungle 和 **jingle**(叮噹聲)、belle(美人)和 **bell**(鈴噹)的雙關語。

039 Kew [ˋkjuː] 名 英國倫敦郊外的村名

Kew is what tourists do to gain admission to the national botanical garden in London.

如果遊客想進去倫敦的國家植物園，就必須「Kew」。（註：queue，排隊）

○ 這是 Kew 和 queue（排隊）的諧音。Kew Gardens 是國立植物園，其正式名稱為 the Royal Botanic Gardens。

040 knight [naɪt] 名 騎士

"What is a **knight's** favorite Christmas carol?"

"Silent knight!"

「騎士最喜歡的聖誕歌是什麼？」

「沈默騎士！」

○ knight 和 **night** 發音相近。

041 lion [laɪən] 名 獅子

Lion: You're a **cheater**.

Cheetah: You're **lion**.

獅子：你是個騙子。

獵豹：你是隻獅子。

○ 這是 cheater（騙子）和 **cheetah**（印度豹）、lion 和 **liar**（說謊者）的諧音。

042 loaf [louf] 動 閒晃；一條麵包

He was the only breadwinner and he couldn't afford to **loaf**.

他家裡都靠他在養家活口，所以他沒有本錢閒晃。

○ to loaf 是去遊蕩，音似 two loaf，可聯想為「買不起兩條麵包」。不過正確的寫法是 two loaves。

043 loan [loʊn] 名 貸出

"It is **loanly** here," the sentimental pawnbroker's daughter said of her father's shop.

當舖老闆破產，多愁善感的女兒對著老爸的店舖說：「這裡真是冷清呀。」

○ 這是 lonely 和「loan（借貸）＋ ly」的諧音。

044 mail [meɪl] 名 郵件

It's said that for spreading news the female is more dependable than the **mail**.

據說，要散布消息，透過女人比透過郵件更來得可靠。

○ 這是 mail 和 **male**（男性）的雙關語。按照字面的意思，是說女性傳遞八卦的速度比郵件（男性）快。

045 may [meɪ] 名 五月　助動 可能

She is a **May**-bride. She **may** or **may not** get married.

她是個五月新娘——可能結婚，也可能不結。

○ 這是 May（五月）和 may（也許）的雙關語。

046 meat [miːt] 名 肉

An "economy luncheon" menu begins with beef broth and ends with mince pie: it definitely **makes both ends meat**.

一份「經濟午餐」的菜單上，以牛肉湯開始，以肉末派結束，頭尾恰好都是肉。

○ 這是 meat 和 meet（會面）的諧音。**make both ends meet** 是「收支平衡，量入為出」，make both ends meat 是「讓兩邊都是肉」。

047 minor [ˋmaɪnɚ] 名 棒球的小聯盟

Coal diggers play baseball in the **minor** league.
煤礦工人在小聯盟打棒球。

○ 這是 minor 和 miner（礦工）的諧音。

(048) **mood** [muːd] 名 語氣

English teacher: Take this sentence, for example, 'let the cow be taken to the pasture'—now what **mood**?

Silly Bill : The cow, sir.

英文老師：以這一句為例，「讓牛被牽到廄欄去」，這是什麼語氣？

笨 比 爾：老師，是牛在叫啦。

○ 老師問「now what mood」，比爾卻以為是問「now what moo」（是什麼東西哞哞叫）。

(049) **Mrs.** [ˋmɪsɪz] 名 太太

Bachelor: one who never Mrs. a girl.

單身漢：從不會去思念女孩的人。

○ 「Mrs.」音似 **misses**（想念），指單身漢從來不會想念女孩子，或是指未婚。

(050) **nose** [noʊz] 名 鼻子

The lips can slip, the eye can lie, but the **nose knows**.

嘴唇會說漏嘴，眼睛會撒謊，只有鼻子最明白。

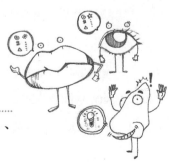

○ 這是 nose 和 knows、lip 和 slip、eye 和 lie 的諧音。

051 **pair** [pɛr] 名 一對

The first **pair** ate the first apple.

第一對人類，吃了第一顆蘋果。

⬤ 這是 pair（一對）和 **pear**（西洋梨）的諧音。the first pair 是指亞當和夏娃。

052 **pale** [peɪl] 形 淡的

Herbert : What would you like to drink?

Helen : Ginger ale.

Herbert : Pale?

Helen : Ho, no. A glassful will be sufficient.

赫伯：妳想喝什麼？

海倫：薑汁麥酒。

赫伯：淡的嗎？

海倫：噢，不用，一杯就很夠了。

⬤ 把 pale 和 **pail**（一桶）的意思弄錯。

053 **pane** [peɪn] 名 玻璃窗

Jack : Did you hear about the glassblower who inhaled instead of exhaling?

Joe : No, what happened?

Jack : He got a **pane** in his stomach!

傑克：你有聽說那個吹玻璃的人，他不吹反吸，結果發
　　　生什麼事嗎？

喬　：沒有。結果如何了？

傑克：他<u>胃裡面有玻璃</u>！（註：胃痛）

○ 這是 pane 和 **pain**（疼痛）的諧音。

054 pea [piː] 名 豌豆

"What's the difference between a vegetable gardener and an actor?"

"One minds his **peas**; the other minds his **cues**."

「菜園園丁和演員，兩者有何不同？」

「一個照顧豌豆，一個注意台詞。」

○ 慣用語 **mind one's p's and q's**（注意不要把 p 和 q 寫錯）是「謹言慎行」的意思。

055 pear [per] 名 西洋梨

When two fruit companies merged, they made a perfect **pear**.

兩家水果公司合併後，會生產出完美的西洋梨。

○ 這是 pear 和 **pair**（一對）的雙關語。

056 **piece** [piːs] 名 作品

"My daughter has arranged a little **piece** for the piano."

"Good! It's about time we had a little **peace**."

「我的女兒編了一首鋼琴小曲。」

「太好了！我們可以安靜一下了。」

○ 這是 piece 和 peace（平靜）的諧音。

17 Disc 2

057 **plane** [pleɪn] 名 飛機

"Why are there so few lady pilots?"

"Well, would you choose to be a **plane** woman?"

「為什麼女性飛行員這麼少？」

「這個嘛，你會想當一個飛機女嗎？」（註：平凡女）

○ 這是 plane 和 **plain**（平凡）的諧音。

058 **rain** [reɪn] 名 雨

"Why is a horse like a baseball game?"

"They both get stopped by the **rain**."

「馬和棒球比賽，有什麼相似處？」

「他們碰到下雨時，都要喊停。」

○ 這是 rain 和 **rein**（韁繩）的諧音。不過，如果是在室內球場的話，這句雙關語就不成立了。

059 read [riːd] 動 閱讀

"When is a green book not a green book?"

"When it is **read**."

「在什麼時候，綠色的書不是綠色的？」

「當有人在讀它的時候。」

○ 這是 read 和 **red** 的諧音。

060 role [roul] 名 角色

"I was once in a play called *Breakfast in Bed*."

"Did you have a big **role**?"

"No, just toast and jam."

「有一次我在一齣名叫《床上的早餐》的戲劇中演出。」

「你有擔任要角嗎？」（註：吃大大的麵包捲）

「沒有，我只吃了果醬土司。」

○ 把 role 聽成 **roll**（麵包捲）。

061 rust [rʌst] 動 生鏽

"What do you write on a robot's gravestone?"

"**Rust** in piece."

「機器人的墓碑上要刻什麼？」

「很多地方都生鏽了。」（註：安息吧）

○ 這是 rust 和 rest（休息）、piece（片斷）和 peace（平靜）的諧音。「rest in peace」是「安息」的意思。

062 sew [sou] 動 縫

"How did it feel when they sewed you up after the operation?"

"Oh, **sew**-sew."

「手術後他們把你縫起來，感覺如何？」

「噢，so so 啦。」

○ 這是 sew 和 so 的諧音。so-so 是「馬馬虎虎」的意思。

063 shoe [ʃuː] 動 給馬釘上蹄鐵

"You want to work here? Can you **shoe** horses?"

"No, but I can **shoo** flies."

「你想在這裡工作嗎？你會給馬釘蹄鐵嗎？」

「不會，可是我會趕蒼蠅。」

○ 把 shoe 和 shoo（以噓聲趕走鳥等等）的意思弄錯。

064 shore [ʃɔːr] 名 海岸

"Do you like to go to the beach?"

"I **shore** do."

「你喜歡去海邊嗎?」

「當然。」

○ 這是 shore 和 **sure**(當然)的諧音趣味。

065 size [saɪz] 名 大小;尺寸

"There," she said, standing on her tiptoes. "I'm about your **size**."

"On the contrary," said the disconsolate lover, "my **sighs** are about you."

她墊著腳尖說:「這樣,我就跟你差不多高了。」

鬱鬱寡歡的愛人說:「相反的,我嘆息,是因為妳。」

○ 把 size 聽成 sighs(sigh 的複數)。

066 so [soʊ] 副 像……那樣

Small girl: Our needlework teacher is a **so** and so.

小女孩說:我們的裁縫老師是個卑鄙的傢伙。

○ 這是 so 和 **sew**(縫)的諧音。so-and-so 是指「卑鄙的人」。

067 son [sʌn] 名 兒子

For a mother the **son** always shines.

對母親來說，兒子總是閃耀的。

○ 這是 son 和 **sun**（太陽）的諧音。

068 steal [stiːl] 動 偷竊

Pittsburgh is famous because the people there make iron and **steal**.

匹茲堡因當地人從事造鐵業與偷竊而馳名。

○ 這是 steal 和 **steel**（鋼鐵）的諧音。匹茲堡是美國賓州的大都市，也是鋼鐵產業的中心。

069 sue [suː] 動 訴訟

He's a real lawyer. In fact, he even named his daughter **Sue**.

他是個不折不扣的律師。事實上，他甚至把他女兒命名為蘇。

○ 這是 sue 和 Sue（Susan、Susannah 的暱稱）的雙關語。

070 **tale** [teɪl] 名 故事

"Did you ever hear the **story** about the peacock?"

"No."

"It's a beautiful **tale**."

「你有聽過孔雀的故事嗎？」

「沒有。」

「那是個美麗的故事。」

○ 這是 tale 和 **tail**（尾巴）的諧音。指孔雀有美麗的尾巴。

19 Disc 2

071 **tired** [taɪrd] 形 疲累的

A bicycle can't stand on its own because it's too **tired**! 腳踏車無法自己站起來，因為它太累了！

○ 這是 too tired 和 **two tire(s)**（兩個輪胎）的諧音。

072 **to** [tʊ] 副 做……

When a man breaks a date, he has **to**. When a girl does, she has **two**.

男人爽約，是因為不得不如此；女人爽約，是因為她有兩個約會。

○ 這是 to 和 two 的諧音。

073 **two** [tuː] 名 二

"Do you know the story about the three eggs?"

"No."

"**Two** bad!"

「你有聽過三顆蛋的故事嗎？」

「沒有。」

「有兩個蛋壞了！」

● 這是 two 和 **too** 的諧音。that's too bad 是「非常遺憾」的意思。

074 **waffle** [ˋwɑːfl] 名 鬆餅

"That guy ate eight pancakes."

"Oh, how **waffle**!"

「那個男人吃了八個煎餅。」

「哇，真驚人！」

● 這是 waffle 和 **awful**（驚人的、可怕的）的諧音。pancake 和 waffle 是相關字。

075 **waist** [weɪst] 名 腰部

Unfortunately, for most people, overeating ends up being a big **waist** of time.

不幸地，對大部分的人來說，飲食過量的結果，都是腰圍變大。

○ 這是 waist 和 **waste**（浪費）的諧音。

076 **Wales** [weɪlz] 名 威爾斯

Proud father: Our household represents the whole United Kingdom. I am English, my wife's Irish, the nurse comes from Scotland, and the baby **wails**.

驕傲的父親說：我們家庭代表了整個英國。我是英國人，我太太是愛爾蘭人，保母是蘇格蘭人，而小嬰兒在哭鬧。（註：是威爾斯人）

○ 這是 wails（wail 的第三人稱單數現在式）和 **Wales**（威爾斯）的諧音。英國的正式名稱為「United Kingdom of Great Britain and Northern Ireland」。大不列顛島分為英格蘭、蘇格蘭、威爾斯三大部分。

077 **weak** [wiːk] 形 軟弱的

The biggest drawback to fasting for seven days is that it makes one **week**.

絕食七天最大的缺點，就是要耗費一個星期。

○ 這是 **weak** 和 week（星期）的諧音，意指會讓人變得虛弱。

078 **weather** [ˋwɛðɚ] 名 天氣

The meteorologist admitted, "We don't really know **weather** it will rain or shine."

氣象學家承認說：「我們真的不知道天氣會下雨還是晴天。」

○ 這是 weather 和 **whether**（是否……）的諧音。

079 weigh [weɪ] 名 秤重量

A diet is a **weigh** of life.　節食是生命的重量。

（註：節制飲食是一種生活方式）

○ 這是 weight 和 **way**（方法）的諧音。a way of life 是「生活方式」的意思。diet 和 weigh 是相關字。

080 weight [weɪt] 名 重量

Girl　: My brother does **weight** training.

Friend: Really?

Girl　: Yes, he stands about and waits for trains!

女孩：我弟弟在做重量訓練。

朋友：真的啊？

女孩：是呀，他站了一段時間等火車！

○ 這是 weight 和 **wait**（等待）、training（訓練）和 train（火車）的雙重諧音。

081 well-done [ˌwɛlˋdʌn] 形 全熟的

Diner　: Waiter, this steak is rare. Didn't you hear me say '**well-done**'?

Waiter : Yes, sir. Thank you, sir.

用餐者：服務生，這牛排是生的。你沒聽到我說要全熟
的嗎？

服務生：是的，先生，謝謝你。

○ well-done 指食物全熟，「Well done!」是「做得好！」
的意思。

082 **whale** [weɪl] 名 鯨魚

"How do you know the
weight of a whale?"

"Take it to a **whale
weight station**."

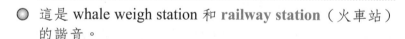

「你要怎麼知道鯨魚
的重量？」

「帶牠去鯨魚測重站。」

○ 這是 whale weigh station 和 **railway station**（火車站）
的諧音。

083 **William** [ˋwiljəm] 名 威廉

"What do you call a girl who has three boyfriends
named **William**?" "A bill collector."

「一個女孩有三個叫威廉的男友，你要怎麼稱呼這
女孩？」「收費員。」（註：收集比爾的人）

● Bill 是 William 的暱稱，本句是 **Bill** 和 bill（帳單）的雙關語。

084 **wine** [waɪn] 名 酒

"What did the grape say when the elephant stepped on it?"

"Nothing. It just let out a little **wine**."

「葡萄被大象踩到的時候會說什麼？」

「它不發一言，<u>只會流出一些葡萄酒</u>。」

（註：只會啜泣）

● 這是 wine 和 **whine**（啜泣）的諧音。let out a whine 是「發出啜泣聲」。

(21) Disc 2 085 **Wright** [raɪt] 名 萊特

Teacher: Clem, who was the first to pilot an airplane at Kitty Hawk, Orville or Wilbur?

Clem　: I don't know, but either one is **Wright**.

老　師：克萊姆，第一個在凱地沃克駕駛飛機的人是誰，是歐維爾還是維爾伯？

克萊姆：我不知道，不過其中總有一個是<u>萊特</u>。

（註：對的）

● 這是 Wright 和 **right** 的諧音。萊特兄弟為 Wilbur Wright（1867-1912）和 Orville Wright（1871-1948），他們在 Kitty Hawk（美國北卡羅來州的村子）的海岸，首

次成功以動力飛行。這個問題的正確答案是哥哥 Wilbur，1903 年 12 月 3 日，他用 3.5 秒的飛行時間，飛行了約 32 公尺遠。

086 **write** [raɪt] 動 寫

A forger is always ready to **write** a wrong.

仿冒者總是打算寫下壞事。（註：糾正錯誤）

○ 這是 write 和 **right**（糾正）的諧音。right a wrong 是「糾正錯誤」。

087 **y** [waɪ] 名 英文的第 25 個字母

The important thing is to vote even if you don't know **Y**.

即使你不知道 Y，去投票還是很重要的。

○ 這是 Y 和 **why**（為什麼）的諧音。

2 同音異字

181

字首異音

001 **air** [er] 名 空氣

"Why did the bald man stick his head out of the train window?"

"To get some fresh **air**."

「那個光頭的男人為什麼要把頭伸出火車窗外？」

「為了呼吸新鮮空氣。」

● 這是 air 和 **hair** 的諧音，第二句的回答，音近似「為了長新的毛髮」。

002 **anybody** [`enibɑːdi] 名 有身分地位的人

Celebrity match: where everybody is somebody, so nobody is **anybody**.

名流大會：在這裡，每個人都有頭有臉，所以沒有人是小人物。

● somebody 和 anybody 都有「名人」的意思，anybody 用於否定句和疑問句，也有「普通人」的意思。

003 bad [bæd] 形 壞的

"What is the difference between moldy lettuce and a dismal song?"

"Easy—one makes a **bad salad** and the other's a **sad ballad**."

「『發霉的生菜』和『悲傷的歌曲』，有什麼不一樣？」

「這簡單，一個是壞掉的沙拉，一個是哀傷的民歌。」

○ bad salad 和 sad ballad 字首互調造成的趣味。

004 bark [bɑːrk] 動 狗吠

"What do you use for measuring the noise a dog makes?"

"A **barking meter**."

「你用什麼來測量一隻狗所發出的噪音？」

「用吠聲測量器。」

○ 由 **parking meter**（停車費計時器）引申出 barking meter。

3 字首異音

005 **bear** [bɛr] 動 生產

Maternity clothes: ladies' ready-to-**bear**.

孕婦裝：女士的生產準備服。

○ 原本「ready-to-**wear**」是指做好的「成衣」，買回即可穿上，這裡把它改成「ready-to-bear」，指孕婦裝是準備生產的衣服。

006 **bite** [baɪt] 名 咬

"Is it true that you've fallen in love with Dracula?"

"Yes. It was love at first **bite**."

「你在跟德古拉談戀愛，是真的嗎？」

「真的呀，我們一咬鍾情。」

○ Dracula（吸血鬼的名字）和 bite 是相關語。「一見鍾情」的說法是 love at first sight。

007 **button** [ˋbʌtn̩] 名 鈕扣

"Say, there's a **button** in my soup."

"Just a little mistake. Should be mutton."

「喂！我的湯裡面有個鈕子。」

「一定出了點小差錯，應該放羊肉才對。」

○ 這是 button 和 mutton（羊肉）的諧音。

008 **celery** [ˋselərɪ] 名 芹菜

"Why did the rabbits go on strike?"

"They thought they deserved a better **celery**."

「兔子為什麼罷工？」

「因為牠們覺得應該得到更好的芹菜。」

○ 這是 celery 和 **salary**（薪水）的諧音。

3
字首異音

009 **Chaucer** [ˋtʃɔsər] 名 喬叟

The young student of literature was dawdling over his third cup of coffee at the breakfast table one Sunday morning while reading *The Canterbury Tales*. "What have you got there?" his father inquire casually. "Oh," answered the lad, "just my cup and **Chaucer**."

一個星期天早上，一位年輕的文學課學生，在早餐桌上邊喝著第三杯咖啡，邊讀著《坎特伯里故事集》來消磨時光。他父親隨口問道：「你那兒有什麼？」小夥子說：「噢，只有我的杯子和喬叟。」（註：碟子）

○ 這是 Chaucer 和 **saucer**（小碟子）的諧音。喬叟（Geoffrey Chaucer，1340?-1400）有「英詩之父」之稱，他的代表作品為《坎特伯里故事集》。a cup and saucer 是「附有盤子的咖啡杯」。

010　cheer [tʃɪr] 名 歡呼

Men hate to display emotion, but the bride's father may be pardoned if he sheds a few **cheers**.

男人不喜歡表達情緒，不過如果新娘的父親發出一些歡呼之聲，倒是可以被原諒的。

○ 這是 cheers 和 **tears**（眼淚）的諧音。shed tears 是「流眼淚」。女兒好不容易出嫁，因而發出歡呼聲。

011　debt [det] 名 債

Most men find, in fact, that divorce is a matter of wife or **debt**.

事實上，很多男人都覺得，離婚，不是選擇老婆，就是選擇為贍養費舉債。

○ a matter of life or death 的意思是「生死存亡的問題」，改為「a matter of wife or debt」就變成「不是選擇老婆就是為贍養費舉債」。

012　dime [daɪm] 名 一角硬幣

"Why isn't ten cents worth what it once was?"

"Because **dimes** have changed."

「為什麼十分錢降值了？」

「因為一角硬幣變了。」（註：時代不同了）

○ 這是 times（時代）和 dime(s)的諧音。

013 east [iːst] 名 東方

"What's the difference between the sun and bread?"

"The sun rises in the **east**, and bread rises with the **yeast**."

「太陽和麵包有什麼不同？」

「太陽從東邊升起，而麵包是用酵母發的。」

○ 這是 east 和 yeast 的諧音。bread rises 意「麵包膨脹」。

014 expect [ɪk`spɛkt] 動 期待

Before marriage a woman **expects** a man. After marriage she **suspects** him. After he dies she **respects** him.

女人在結婚之前，期待男人；結婚之後，懷疑男人；男人死了以後，便尊敬男人。

○ 這是 expect、suspect、respect 的諧音。

24
Disc 2

015 extinguish [ɪk`stɪŋgwɪʃ] 動 消失

She has a voice that's **hard to extinguish** on the phone.

她的聲音在電話裡很難消失。

○ 一般是用 **hard to distinguish**（難以分辨）。這裡用 extinguish，意指「話匣子一開，便沒完沒了」。

016 **feather** [ˋfɛðɚ] 名 羽毛

"What's a duck's favorite TV program?"

"The **feather** forecast."

「鴨子最喜歡的電視節目是？」

「羽毛預報。」

○ feather 和 **weather**（天氣）發音相近。

017 **flea** [fliː] 名 跳蚤

"How do **fleas** start a race?"

"The starter says, 'One, two, flea—go!'"

「跳蚤的賽跑要怎麼開跑？」

「起跑發號員說：『一、二、跳蚤，跑！』」

○ flea 和 **three** 發音類似。

018 **fool** [fuːl] 名 傻瓜

I **fool** so **feelish**.

我愚蠢很覺得。

○ 這是把 fool 和 feel 位置轉換的雙關語。

019 **fry** [fraɪ] 名 油炸

Len：This restaurant serves a good UFO meal.

Ben：What's a UFO meal?

Len：One full of Unidentified **Frying** Objects.

倫：這家餐廳有很棒的幽浮餐。

班：什麼是幽浮餐啊？

倫：就是裡面有很多不明油炸物的餐。

○ 這是 **fly** 和 **fry** 的諧音。 UFO 是 Unidentified Flying Object（不明飛行物）的縮寫。

020 **grief** [griːf] 名 悲傷

　　Perhaps it would be more truthful for today's newscasters to begin: "Here is a **grief** news report."

　　今天的新聞播報員用「以下是悲慘新聞報導」來作開頭，也許會更貼切。

○ 原本是「brief news report」（重點新聞報導），把它改成「grief news report」。

021 **gum** [gʌm] 名 牙床

"What does a dentist say when you knock on his door?"

"**Gum** on in!"

「當你敲牙醫的門時,他會說什麼?」

「牙床,進來!」

● 這是 gum 和 **come**(來)的雙關語。come on in 是「進來吧」的意思。

25
Disc 2

022 **hair** [her] 名 頭髮

One millionaire used to refer to his long-haired hippie son as the "**hair** apparent."

有位百萬富翁,曾把他留長髮的嬉皮兒子當作「髮定繼承人」。

● 這是 hair 和 **heir**(繼承人)的雙關語。heir apparent 是「法定繼承人」。

---

023 **harm** [hɑːrm] 動 傷害

"What is the difference between a mouse and a beautiful girl?"

"The mouse **harms** the cheese and the girl **charms** the **he's**."

「老鼠和美女有什麼差別？」

「老鼠吃起司，而美女吸引男人。」

○ 這是 harm 和 charm（魅力），cheese 和 he's（he 的複數）的諧音。

024 icicle [ˋaɪsɪkl] 名 冰柱

Bill : How does Jack Frost get to work?

Ben : By **icicle**, I guess.

比爾：冬將軍都是怎麼去工作的？

班　：我猜是坐冰柱去的
　　　吧。

○ 這是 by icicle 和 **bicycle**
（腳踏車）的諧音。Jack
Forest（霜、冬將軍）是
「冬天」的擬人化稱呼。

025 kiss [kɪs] 名 動 親吻

"What is the difference between a married man and a bachelor?"

"One **kisses** his Mrs.; the other misses his **kisses**."

「已婚男人和單身漢有什麼差別？」

「前者親吻他的太太，後者則老是沒吻中。」

3 字首異音

026 **laser** [ˋleɪzɚ] 名 雷射

"What is a **laser**?"

"It's what a Japanese shaves with."

「什麼是雷射？」

「就是日本人用來刮鬍子的東西。」

● laser 是雷射裝置，**razor** 是刮鬍刀。這是因為日本人常把「l」和「r」的發音搞混，故日式英語又被戲稱為 Engrish。

027 **New York** 名 紐約

"What state in the United States has a lot of cows?"

"**Moo York**."

「美國哪一州的牛很多？」

「牛約。」

● 這是 New York 和 Moo York 的諧音。moo 是牛叫聲。

028 **Picasso** [piˋkaso] 名 畢卡索

"Name the famous insect artist."

"Pablo **BEEcasso**."

「說出那位著名昆蟲藝術家的名字。」

「巴布羅・蜜卡索。」

● 把 Picasso 的第一個音節，以昆蟲的 bee（蜜蜂）來代替。

029 **pity** [ˋpɪti] 名 遺憾

Disc 2 26

The disillusioned new resident of Manhattan greeted his visiting parents on their arrival with, "Welcome to the **pity** of New York!"

一位夢想幻滅的曼哈頓新居民，是這樣向他來訪的父母打招呼的：「歡迎來到紐約之憾！」

○ 這是 pity 和 city（城市）的諧音。

030 **plot** [plɑːt] 名 構想

Career woman: a female more interested in **plots** and **plans** than **pots** and **pans**.

職業婦女：對運籌帷幄，比對鍋碗瓢盆更有興趣的女性。

○ 這是 plot 和 pot（鍋、壺）、plan（計畫）和 pan（平底鍋）的雙關語。pots and pans 指「煮飯用具」。

031 **pray** [preɪ] 動 祈禱

Xmas: buy now, **pray** later.

聖誕節：現在先買，等一下再祈禱。

○ 這是 pray 和 **pay**（付錢）的諧音。「Buy now, pay later.」（先買，後付款）是「分期付款」的標語。

032 **Robin Hood** [ˋrɒbɪn hʊd]

名 羅賓漢（英國十二世紀的俠盜）

Robin Hood was just a **hood robbin'** the rich to pay the poor.　羅賓漢，就是一個劫富濟貧的強盜。

○ 這是 Robin Hood 和 hood robbin' 位置轉換的雙關語。hood 是「地痞流氓」的意思。robbin' = robbing，是 rob 的現在進行式。

033 **rumor** [ˋruːmɚ] 名 謠言

Most girls today have a keen sense of **rumor**.

現在大部分的女生都對八卦很感興趣。

○ 這是 rumor 和 **humor**（幽默）的諧音。a sense of humor 是「幽默感」的意思。

034 **San Francisco** 名 舊金山

"Where do they go dancing in California?"

"**San Frandisco**."

「加州的人都去哪裡跳舞？」

「舊金山迪斯可。」

○ 這是 -cisco 和 disco（迪斯可）的諧音。

035 **scandal** [ˋskændl] 名 醜聞

In Japan, before going into a house, you must get

rid of your **scandals**.

在日本，進屋內之前，要先把醜聞給撇清。

⊙ 這是 scandal 和 sandal（涼鞋）的諧音。

036 **seaside** [`siːsaɪd] 名 *海邊*

They were walking by the **seaside**, and he sighed and she sighed.

她們正在海邊散步，他嘆著氣，她也嘆著氣。

⊙ 這是 seaside 和 she sighed 的諧音。

037 **she** [ʃi] 代名 她

Her gossip is enough to make everyone **she-sick**.

她夠愛八卦的，每個人對她都很感冒。

⊙ 這是 she 和 sea 的諧音。she-sick 指「對她很厭煩」，**seasick** 是「暈船」的意思。

038 **sweep** [swiːp] 動 *打掃*

When the first broom was invented, the inventor was so tired that he went to **sweep**. 第一支掃帚被發明出來時，發明者因為太累，就去掃地了。

⊙ 這是 sweep 和 **sleep** 的諧音。go to sleep 是「就寢」。broom（掃帚）和 sweep 是相關字。

039 **sweet** [swiːt] 名 糖果

Girls who eat a lot of **sweets** will soon develop larger **seats**.

吃太多糖果的女生，很快就會有大屁股。

....

● 這是 sweets 和 seats（屁股的複數）的諧音。

040 **ten** [ten] 名 十

"How much is five Q and five Q?"

"**Ten** Q."

"You're welcome."

「五個 Q 加五個 Q 等於什麼？」

「十個 Q。」

「不客氣。」

....

● 這是「ten Q」和「thank you」的諧音。

041 **thick** [θɪk] 形 矮胖的

Lucy : You're going on a diet? Why?

Ethel : Because I'm **thick** and tired of it.

露　西：妳在節食啊？為什麼呢？

伊瑟爾：因為我又矮又胖，真是受夠了。

○ 這是 thick 和 **sick**（厭煩）的雙關語。「be sick and tired of . . .」是「對……感到厭煩」。

042 **thirst** [θɜːrst] 名 口渴

"What should you always take into the desert?"

"A **thirst**-aid kit."

「什麼東西是你一定要帶到沙漠去的？」

「渴救箱。」

○ 這是 thirst 和 **first**（首先的）的諧音。first-aid kit 是「急救箱」。

28
Disc 2 **043** **tide** [taɪd] 名 潮流

"Why did the surfer cross the ocean?"

"To get to the other **tide**."

「衝浪者為什麼要越過海洋？」

「為了衝到另一個浪潮上。」

○ 這是 tide 和 **side**（旁邊）的諧音，意指要到海洋的另一端去。

044 **tooth** [tuːθ] 名 牙齒

An absent-minded Judge said to a Dentist: Do you swear to pull the tooth, the whole tooth, and nothing but the **tooth**?

心有旁鶩的法官對一位牙醫說：「你發誓要拔牙，拔全部的牙，而且只拔牙嗎？」

○ 「the truth, the whole truth, and nothing but the truth」是在法院宣誓時的用語。

045 **watt** [wɑːt] 名 瓦特

Sign in a small hotel: "Please turn off the lights when not using them. Thanks a **watt**!"

小旅館的標示：「不用時請關燈。謝謝瓦特！」

○ 這是 watt 和 lot 的諧音，原本說法是 thanks a lot。

046 **wife** [waɪf] 名 太太

A shotgun wedding is a case of **wife** or death.

奉子成婚，是攸關娶妻或死亡的問題。

○ shotgun wedding 是「奉子成婚」。意指新娘的父親逼對方負責，娶他的女兒為妻，所以說是娶妻或死亡的問題。這是 life 和 wife 的雙關語。life or death 是「關係生死存亡」。

047 **year** [jɪr] 名 年

A New **Year**'s resolution is something that goes in one year and out the other.

　　新年新希望，就是一年進去，一年出來。

○ 這是 year 和 **ear**（耳朵）的諧音。**go in one ear and out the other** 指「左耳進右耳出」，什麼都沒聽進去。

048 **yearn** [jɜːn] 動 渴望

　　Mamma's **yearning** capacity is greater than Papa's earning capacity.

　　媽媽想購物的能力，勝於老爸賺錢的能力。

○ 這是 yearn 和 **earn**（賺錢）的諧音。

4 字尾異音

001　**bean** [biːn] 名 豆子

Disc 2 ⁲⁹

Teacher	: All right, now, we'll make up sentences using the word "beans."
1st student	: My father grows beans.
2nd student	: My mother cooks beans.
3rd student	: We are all **human beans**.

老　　師：好了，現在我們用『beans』來造句。

第一個學生：我爸爸種豆子。

第二個學生：我媽媽煮豆子。

第三個學生：我們都是人豆。

○ 誤把 beans 當成 beings。

002　**Betty** [`beti] 名 貝蒂

"What do you call a lady who likes gambling?"

"Betty."

「一個嗜賭如命的女人，要怎麼稱呼？」「貝蒂。」

○ Betty 是 Elizabeth 的暱稱，bet 則是「打賭」的意思。

200

003 breadth [brɛdθ] 名 寬廣

Aerobics is a form of exercise invented to take our **breadth** away.　有氧舞蹈是一種發明來讓人<u>塑身</u>的運動。（註：喘氣）

● 這是 breadth 和 **breath**（呼吸）的雙關語。take a person's breath away 在這裡指「讓人喘氣」，也有「令人驚嘆」的意思。

004 cent [sɛnt] 名 一分錢

"A dime and a nickel were sitting on a wall. The nickel fell off; why didn't the dime?"

"The dime had more **cents**."

「一角錢和五分錢都坐在牆上，五分錢掉了下來，為什麼一角錢沒有掉？」

「因為一角錢比較<u>多分</u>。」（註：機伶）

● dime 是 10 分錢，nickel 是 5 分錢，所以 dime 比較多 cent（分）；cent 和 **sense**（分辨）發音相近，所以 dime 的分辨能力的是 nickel 兩倍。

005 coal [koʊl] 名 石炭

In the winter, it's hard to keep warm if you have a bad **coal**.

冬天時，<u>如果煤炭的品質不好</u>，就不容易保暖。

（註：音似「如果你得了重感冒」）

4
字尾異音

● 這是 coal 和 **cold**（感冒）的諧音。意指「一旦重感冒的話，便會覺得很冷。」

006 coffin [`kɑːfɪn] 名 棺材

A hearse with a coffin in the back was going up a steep hill. Suddenly the back door opened, the coffin fell out and started sliding back down the road. The driver leapt out and started chasing it.

"Hey," he yelled as he dashed past a drug store. "Have you got anything to stop this **coffin**?"

一輛載有棺材的靈柩車，正在陡峭的山坡上爬坡。這時，靈車的後門忽然打開，棺材往下滑落到路上。駕駛員便趕緊跑下車，開始追著棺材跑。

當他經過一間藥店時，喊道：「喂，你有沒有什麼能讓棺材停下來的東西？」

● 音近似「有沒有能止咳（**cough**）的東西」。

007 comet [`kɑːmɪt] 名 行星

An astronomer, when asked what he thought about flying saucers, replied, "No **comet**."

有一位太空人，有次被問到對飛碟的看法，他回答：「沒有彗星。」

○ 這是 comet 和 **comment** 的諧音。no comment 是「不予置評」。

008 **Eden** [`iːdn] 名 依甸園

Teacher: How were Adam and Eve punished when they ate an apple from the tree of knowledge?

Alec : They were expelled from **Eton**.

老　師：亞當和夏娃偷吃了分別善惡之樹的果實之後，受到了什麼樣的懲罰？

艾列克：被趕出伊頓中學。

○ 把 **Eden** 說成 Eton（伊頓中學，英國著名的學校）。

009 **faith** [feɪθ] 名 信仰

Today, televangelists are people who need to have their **faith** lifted.

在今天，電視上的傳道者，就是那些需要提昇信仰的人。（註：拉皮手術）

○ faith 和 face 發音相近；televangelist 是「在電視上傳教佈道的牧師」；**have one's face lifted** 是「做拉皮手術」，在此暗指以便能更上鏡頭。

4
字尾異音

010 fang [fæŋ] 名 尖齒

AD: If you like Dracula, join his **fang** club!

廣告：如果你喜歡德古拉，就加入他的尖齒俱樂部！

⬤ 這是 fang 和 fan（影迷）的雙關語。Dracula 是 Bram Stoker 小說 *Dracula* 中吸血鬼的名字。

011 fish [fɪʃ] 名 魚

Tourist:　Good river for **fish**.

Fishman: Must be, can't persuade any to come out.

遊客：對魚來說這真是條好河。

釣客：沒錯，沒有辦法說服任何一隻魚出來。

⬤ 遊客把 fishing（釣魚）說成 fish，所以釣客回答說，這條河對魚來說很棒，都沒有魚想出來。

012 flower [flauɚ] 名 花

When the first flower show was held, the first prize was a **bloom ribbon**.

在第一次舉辦的花展上，第一名的獎品是花絲帶。

⬤ **blue ribbon** 是品評會的「頭獎」；bloom 和 flower 是相關語。

013 **Great Britain** 名 大不列顛

"What's purple and surrounded by water?"

"**Grape Britain.**"

「什麼東西是紫色的，又
被水給包圍？」

「葡萄英國。」

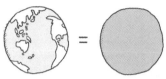

○ 這是 great 和 grape 的諧音。Great Britain（大不列顛島）是英國主要的島，包括英格蘭、蘇格蘭、威爾斯，也可以只稱 Britain。purple 是會令人聯想到王權的顏色。

014 **harp** [hɑːrp] 名 豎琴

"Why was the musician in the hospital?"

"He had a **harp** attack."

「那位音樂家為什麼住院？」

「因為他有豎琴病。」

○ 這是 harp 和 heart（心臟）的諧音。have a heart attack 是「心臟病發作」。

31
Disc 2 ## 015 **leaf** [liːf] 名 樹葉

When Eve tried to get out of the Garden without him, Adam called up to the Commanding Officer, "Eve is absent without **leaf**."

當夏娃想自己一個人離開伊甸園時，亞當向司令官

4
字尾異音

報告說：「夏娃沒穿樹葉就走了。」

○ 這是 leaf 和 **leave**（許可）的雙關語。absent without leave 是「擅離職守」。 without a leaf 是「沒有穿葉子」。不過，照理說伊甸園應該只有亞當和夏娃兩人而已，怎麼會多出個司令官呢！

016 mourning [ˋmɔːrnɪŋ] 名 喪服

"Why does she wear **mourning**?"

"For her husband."

"She never had a husband."

"That's why she is **mourning**."

「她為什麼穿喪服？」

「因為她丈夫的緣故。」

「她沒有丈夫啊。」

「所以她才哀悼啊。」

○ 第一個 mourning 指喪服，第二個是悲嘆（mourn）的進行式。

017 mouse [moʊs] 名 老鼠

"After Mickey Mouse fell in the river, how did Mighty Mouse revive him?"

"With **mouse-to-mouse** resuscitation."

「米老鼠跌進河裡，太空飛鼠要怎麼救活牠？」

「用鼠對鼠人工呼吸。」

....

● 這是 mouse 和 mouth（嘴巴）的雙關語。**mouth-to-mouth** resuscitation 是「口對口人工呼吸」。

018 Russian [ˋrʌʃən] 名 俄國人

"Who is always in a hurry?"

"A **Russian**."

「什麼人總是行色匆匆？」

「俄國人。」

....

● 這是 Russian 和 **rushing** 的諧音。

019 scream [skriːm] 名 尖叫

The haunted house was opened to the public. It had twenty **scream** doors.

鬼屋對大眾開放了，它有 20 扇尖叫的門。

....

● scream 和 **screen**（屏風）發音相近。

020 season [ˋsiːzn̩] 名 季節；調味料

Teacher : Jim, can you name four **seasons**?

Jim : Salt, pepper, cinnamon and clove!

老師：吉姆，你能說出四季的名
稱嗎？（註：四種調味
料）

吉姆：鹽、胡椒、肉桂和丁香！

021 sense [sens] 名 感覺

"You know, I'm writing a letter to my boyfriend and I want to know how to spell 'sense'."

"Well, which sense do you mean?"

"Well, I said I haven't seen you sense yesterday."

「你知道，我正在寫信給我男朋友，我想知道『sense』怎麼拼。」

「嗯，妳是說哪一個『sense』？」

「嗯，我要說我『sense』昨天就沒看到你了。」

○ 把 sense 聽成是 since（自從……）。

022 snow [snoʊ] 動 下雪

Snow: to breathe heavily while sleeping.

下雪：睡覺時，呼吸呼得很重。

○ 這是 snow 和 snore（打鼾）的諧音。

023 spell [spel] 動 拼字 名 一段時間

Teacher : How do you spell 'weather'?

Pupil : W-E-O-T-H-E-R.

Teacher : Terrible! That's the worst spell of weather
we've had in a long time.

老師：「weather」怎麼拼？

學生：W-E-O-T-H-E-R。

老師：太糟糕了！這是我們<u>最近天氣最壞的時候了</u>。

（註：近來把『天氣』拼得最糟糕的一次了）

○ 如果要說拼字拼得很糟糕，正確的說法是「the worst
spelling」。

024 **Suez Canal, the** 名 蘇伊士運河

The Red and Mediterranean Seas are connected
by the **Sewage** Canal.

那一條受到污染的運河，連接了紅海和地中海。

○ **Suez** 和 **sewage**（污水）發音類似。意指蘇伊士運河受
到污染。

025 **wooden** [ˋwʊdn̩] 形 木製的

Friend : My father just bought me a wooden engine
with **wooden** wheels.

Alec : No doubt it **wooden** go!

友　人：我爸剛買了一個有木輪的木製機器給我。

愛列克：難怪它不會走！

○ 這是 wooden 和 **wouldn't** 的諧音。

4 字尾異音

5 拆字分析

001 **abroad** [əˋbrɔːd] 副 在國外

Did you hear about the brilliant geography teacher? He had **abroad** knowledge of his subject.

你有聽說那個超棒的地理老師嗎？他的國外地理知識很豐富。

○ abroad 和 **a broad**（寬廣的……）音似。

002 **acute** [əˋkjuːt] 形 急性的

Doctor : Ms. Smith, you have **acute** appendicitis.

Ms. Smith: I came here to be examined—not admired.

醫　　生：史密斯女士，妳得了急性闌尾炎。

史密斯女士：我是來這裡做診斷，不是來被恭維的。

○ 把 acute 和 **a cute**（可愛的……）搞錯。

003 **ahead** [əˋhed] 副 前進

"Work hard and you'll get **ahead**."

"I've got **a head**."

「努力工作，你就會有進步。」

「我已經有一顆頭了。」

◯ 把 ahead 和 a head 弄錯。

004 aim [eɪm] 名 目標

Every girl's **maiden aim** is to change her **maiden name**.

每個懷春少女的目標，就是冠夫姓。

◯ 這是 maiden aim（未婚女性的目的）和 maiden name（婚前的姓氏）的諧音。

005 alas [ə`læs] 感嘆 嗚呼（表示感嘆等）

"**A lass**, a lass!" exclaimed an old bachelor, who wanted to marry.

"**Alas!** Alas!" he cried after he was married for a while.

「給我情人！給我情人！」一個想結婚的老光棍這樣叫著。

「嗚呼哀哉！嗚呼哀哉！」結婚一陣子後，他這麼說。

◯ 這是 a lass 和 alas 的諧音。

006 **Alaska** [əˋlæsˏkə] 名 阿拉斯加

Teacher: Mark, where does your mom come from?

Mark : **Alaska.**

Teacher: Don't bother. **I'll ask her** myself.

老師：馬克，你媽媽是從哪裡來的？

馬克：阿拉斯加。

老師：別麻煩了，我會自己問她。

○ 把 Alaska 聽成 I'll ask her。

007 **alike** [əˋlaɪk] 副 一樣的

"Men are all **alike**."

"Yes, men are all **I like**."

「男人都是一個樣。」

「沒錯，我唯一喜歡的就是男人。」

○ 把 alike 聽成 I like。

008 **analyze** [ˋænəlaɪz] 動 分析

34 Disc 2

Teacher: Give me a sentence with "**analyze**" in it.

Peter: Anna says she never eats candy, but **Anna lies**.

老師：用「analyze」造一個句子。

彼得：安娜說她從來不吃糖果，不過她說謊。

○ 把 analyze 聽成 Anna lies。

009 **anybody** [`ɛnɪbɑːdɪ] 代名 任何人

"Why didn't the skeleton go to the disco?"

"He didn't have **any body** to go with!"

「為什麼骷髏頭不去跳迪斯可？」

「因為沒有身體跟他一起去！」

○ 這是 any body 和 **anybody** 的雙關語，意指「因為他沒有伴可以一起去」。

010 **arrow** [`ærou] 名 箭

The first archery contestant won by an **arrow** margin.　射箭的首位參賽者，以一箭之差獲勝。

○ 這是 an arrow margin（一箭之差）和 a **narrow** margin（些微差距）的雙關語。

011 **asparagus** [ə`spærəgəs] 名 蘆筍

Customer: Have you got **asparagus**?

Waiter: No, we don't serve

　　　　sparrows and my

　　　　name is not **Gus**.

顧客：你們有蘆筍嗎？

侍者：沒，我們沒賣麻雀，而

　　　且我也不叫葛斯。

○ 把 asparagus 聽成「a sparrow, Gus」。

012 assist [əˋsɪst] 動 協助

"If a girl slips on the ice, why can't her brother help her up?" "Because he can't be a brother and **assist** her, too."

「女孩在冰上滑倒時，為什麼她哥哥不能把她扶起來？」「因為他不能既要當她哥哥，又要協助她。」

○ 這是 assist her 和 **a sister** 的諧音。

013 astronaut [ˋæstrənɔːt] 名 太空人

Knock, knock.

Who's there?

Astronaut.

Astronaut who?

Astronaut what your country can do for you, but what you can do for your country.

叩，叩。

誰在敲門？

太空人。

哪一個太空人？

太空人（註：別問）你的國家能為你做些什麼，先看你能為你的國家做些什麼。

○ 這是 astronaut 和 **ask not**（不要問）的雙關語。美國第
35 任總統甘迺迪（John F. Kennedy, 1917-63）在就職
演說中，說了這一句名言：「Ask not what your country
can do for you. Ask what you can do for your country.」
（不要問國家能為你做些什麼，要問你能為國家做些
什麼。）

014 Atlas [ˋætləs]
图 阿特拉斯（受罰以肩頂天的巨神）

When Zeus banished him to Africa to hold up the
heavens, his faithful girlfriend went with him sighing,
"**Atlas**, we are alone!"

當宙斯把阿特拉斯驅逐到非洲去頂天時，他忠實的
女友與他同去，並嘆息道：「阿特拉斯，我們獨處於此
了！」（註：終於）

○ 這是 Atlas 和 **at last**（終於）的諧音。在希臘神話中，
巨人阿特拉斯因背叛宙斯，被罰以雙肩支撐天空。

35
Disc 2

015 attack [əˋtæk] 動 攻擊

"What is the definition of '**attack**'?"

"A small nail".

「『攻擊』的定義是什麼？」

「一種小釘子。」

○ 把 attack 聽成 **a tack**。

5
拆字分析

016 auto [`ɑːtoʊ] 名 汽車

In fact, today they don't make cars like they **auto**.

事實上，最近他們並沒有按照預定來製造車子。

○ auto 音似 **ought to**。「like they auto」＝「as they ought to (make)」。

017 autograph [`ɔːtəgræf] 名 名人簽名

"What is an **autograph**?"

"A chart that shows car sales."

「名人簽名是什麼？」

「顯示汽車銷售量的圖表。」

○ 把 autograph 和「**auto**（汽車）＋**graph**（圖表）」弄錯。

018 avail [ə`veɪl] 名 效益

"I've proposed to four different women without **avail**."

"Next time try wearing **a veil**."

「我跟四個女人求了婚，都沒成功。」

「下次帶上面紗試試看。」

○ 這是 avail 和 a veil 的諧音。without avail 指「徒勞無功」。

019 **awake** [əˋweɪk] 動 喚醒

A safety slogan: **Awake** or a **Wake**.

安全標語：保持清醒，不然就得守靈。

○ 意指若行車時不注意安全，保持清醒，恐怕就會發生意外事故。

020 **barbecue** [ˋbɑːrbɪkjuː] 名 烤肉

"What's a **barbecue**?"

"A row of men waiting to get their hair cut."

「什麼是巴 BQ？」

「就是一排正在排隊等著剪頭髮的人。」

○ 這是 barbecue 和「**barber**（理髮店）＋**cue**（＝queue，排隊）」音相近。

021 **before** [bɪˋfɔːr] 介 在……之前

Doctor: Did you follow my directions: Drink water 30 minutes **before** going to bed?

Patient: I tried to, but I was full after five minutes!

醫生：你有按照我的指示，睡前 30 分鐘喝水嗎？

病人：我是很想，可是我喝五分鐘就喝飽了！

○ 把睡前 30 分鐘喝水，以為是喝 30 分鐘的水。

5 拆字分析

022 belong [bɪˈlɑːŋ] 動 屬於

"**Belong**" means "to take your time."

「屬於」意指「慢慢來」。

● 將 belong 分開成 **be long**，意思就變成「慢慢來」。

023 bicycle [ˈbaɪsɪkl̩] 名 腳踏車

When the first **bicycle** repair shop opened the owner became the industry's **spokesman**.

第一家腳踏車修理店開張之後，那個店家就成了腳踏車修理業的代言人。

● bicycle 和 **spoke**（把手）是相關語。spokesman 是「代言人」。

024 butter [ˈbʌtɚ] 形 奶油

She wants to go **butter** husband won't let her.

她想去奶油，丈夫不讓她。

（註：她想去，但她丈夫不讓她去。）

● butter 和 **but her** 音相近。

025 butterfly [ˈbʌtɚflaɪ] 名 蝴蝶

"Why did the boy throw butter out of the window?"

"He wanted to see a **butterfly**."

「那個男孩為什麼把奶油丟出窗外？」
「他想要看蝴蝶。」

● 這是 butterfly 和 **butter fly** 的雙關語。

026 **candidate** [ˋkændɪdət] 名 候選人

"What is the difference between a **candidate** and an elected politician?"

"You can eat a **candied date**."

「候選人和當選的政治家有什麼不同？」

「糖漬椰棗是可以吃的。」（註：候選人）

● 可以吃 candied date，和 candidate 諧音。

027 **canoe** [kəˋnuː] 名 獨木舟

I can row—**canoe**?

我會划——獨木舟？

（註：你會嗎）

● 這是 canoe 和 can you（row）（你會划船嗎？）的諧音。

028 **carnation** [kɑːrˋneɪʃn] 名 康乃馨

"What is the national flower of the United States?"

"A **carnation**."

「美國國花是什麼？」

「康乃馨。」

● 這是 carnation 和「**car + nation**」（汽車國）的雙關語。

029　**carpet** [ˋkɑːrpɪt] 名 地毯

Carpet: a dog or cat that enjoys riding in an automobile.

地毯：喜歡開車的狗或貓。

● 將「carpet」拆開成「car＋pet」，變成「開車的寵物」。

030　**cattle** [ˋkætl̩] 名 牛

"Why is a mouse like fresh hay?"

"Because the **cattle** eat it."

「老鼠為什麼看起來像新鮮的乾草？」

「因為牛把它吃了。」

● 這是 cattle 和「**cat'll (eat it)**」（貓吃掉）的諧音。

031　**cider** [ˋsaɪdɚ] 名 蘋果汁

"Is there any alcohol in **cider**?"

"Inside of who?"

「蘋果汁裡面有酒精嗎？」（註：她裡面）

「在誰裡面？」

○ 這是把 in cider 聽成 **inside her**（在她裡面）。

032 **climate** [`klaɪmət] 名 天氣

Teacher：Fred, for your homework I asked for a sentence using the word '**climate**.'

Fred：I did—the mountain was so steep I couldn't **climb** it.

老　師：弗瑞德，我出給你的功課，是要你用「climate」來造句。

弗瑞德：我有啊，我寫「山太陡峭了，我爬不上去。」

○ 這是把 climate 聽成 climb it。

033 **Columbus** [kə`lʌmbəs] 名 哥倫布

Pat：Do you know which bus crossed the oceans without getting wet?

Matt：Sure, it was Christopher **Columbus**!

派特：你知道什麼公車可以穿越海洋而不會濕掉？

麥特：當然知道，克里斯多福‧哥倫布！（註：克里斯多福‧哥倫公車）

○ 把「Columbus」當成「columb + bus」。

5 拆字分析

034 **Corsican** [`kɔrsikən] 名 科西嘉島

Teacher: Denny, can you tell the class Napoleon's nationality?

Denny: Course I can.

Teacher: That's right.

老師：丹尼，你能告訴全班同學，拿破崙的籍貫在哪裡嗎？

丹尼：當然可以。（註：科西嘉）

老師：答對了。

○ 把 Corsican 聽成是「(Of) Course I can」。

035 **defeat** [dɪ`fiːt] 名 失敗

Sport Reporter: How do you feel about losing the race?

Runner: The agony of defeat.

運動播報員：對於比賽失利，你有什麼感覺？

跑者：我感覺到跑輸的痛苦。（註：腳痛的感覺）

○ 這是 defeat 和 de (= the) feet（腳）的諧音。意思是說比賽之後，腳感到劇烈的疼痛。

036 **diet** [`daɪət] 名 節食

38 Disc 2

A plump young woman went to see the doctor.

"I'm worried about losing my figure, doctor," she said.

"You'll just have to **diet**," said the doctor unsympathetically.

"What color?" asked the woeful patient.

一個豐滿的年輕女孩去看醫生。「醫生，我擔心身材變形。」她說。

「妳只要節食就好了。」醫生很沒同情心地說。

「要染什麼顏色的？」病人憂心地問。

○ 把 diet 聽成是 **dye it**。

---

037 **dress** [dres] 名 裙子

"What clothing does a house wear?"

"A dress."

「房子穿什麼衣服？」

「穿裙子。」

○ 房子有地址（**address**），音近 a dress。

---

038 **drop** [drɑːp] 動 掉下；滴流

"How do you make a lemon **drop**?"

"Just let it fall."

「你怎麼讓檸檬滴汁？」

「就讓它掉下去就行了。」

○ 這是 make a lemon drop「讓檸檬掉下去」和「讓檸檬滴汁」的雙關語。

039 eel [iːl] 名 鰻魚

"Do you have a lot of fish in your basket?"

"Yes, a good **eel**."

「你籃子裡有很多魚嗎？」

「嗯，有一隻很棒的鰻魚。」

● 這是 a good eel（好吃的鰻魚）和 a good **deal**（很多）的諧音。

040 electricity [ɪ͵lɛkˋtrɪsəti] 名 電力

"What's the most shocking city in the world?"

"**Electri-city**."

「世界上最令人震撼的城市是？」

「電力市。」

● 把 electricity（電）分解成「electri + city」。

041 endeavor [ɪnˋdɛvər] 名 努力

I will love you forever **endeavor**.

我會永遠努力地去愛你的。

● 這是 endeavor 和 **and ever**（一直）的雙關語。forever and ever 是「永遠」的意思。

⑩㊷ **eraser** [ɪˋreɪzɚ] 名 橡皮擦

"Eraser," said the artist's wife when he drew a beautiful nude.　當藝術家在畫美麗的裸體時，他的太太說：「橡皮擦。」

● 這是 eraser 和 **erase her**（刪掉她）的雙關語。

⑩㊸ **39** **Disc 2** **falsehood** [ˋfɔːlshʊd] 名 謊言

"Why is a wig like a lie?"

"Because it's a **false hood**."

「為什麼假髮就像謊言？」

「因為假髮是假的頭巾。」

● 這是 **falsehood** 和 false hood（假的頭巾）的雙關語。

⑩㊹ **fascinate** [ˋfæsɪneɪt] 動 媚惑

Teacher: Give me a sentence with "**fascinate**" in it.

Alec　: My shirt has ten buttons but I can only **fasten eight**.

老　師：用「fascinate」造一個句子。

艾列克：我的上衣有十個鈕子，可是我只扣得起來八個。

● 把 fascinate 聽成是 fasten eight（扣上八個）。

5
拆
字
分
析

045 **fence** [fens] 名 籬笆

Barbed wire was first used for **defense**.

有刺的金屬圈，一開始是防禦用的。

○ defense 和 **the fence** 發音相近。

046 **forget** [fɚˋget] 動 忘記

She is always **forgetting. For getting** this and **for getting** that.

她老是忘東忘西的。為了拿這個，也為了拿那個。

○ 這是 forgetting 和 for getting 的諧音。

047 **geography** [dʒiˋɑːgrəfi] 名 地理學

"What subject do runners like best?"

"**Jog-raphy**."

「跑步者最喜歡什麼科目？」

「慢跑學。」

○ 把 geography 改成「jog（跑步）＋raphy」，英文裡沒有 jography 這個字。

048 **giant** [ˋdʒaɪənt] 名 巨人

"What is the biggest ant in the world?"

"A **giant**."

「世界上最大的螞蟻是什麼？」

「是巨人。」

○ 這是 giant 和「gi + ant（螞蟻）」的雙關語。

049 goodbye [͵gʊdˋbaɪ] 名 再見

"You see, darling, this hat only costs twenty dollars. **Good buy**!"

"Yeah—**goodbye** twenty dollars."

「親愛的，你看，這帽子只花了二十元，買得好啊！」

「是啊，二十元，再見了。」

○ 這是 good buy（買得便宜）和 goodbye 的諧音。

40
Disc 2

050 handicap [ˋhændɪkæp] 名 身心障礙

Handicap: a ready-to-wear **hat**.

身心障礙：一頂隨時可戴的帽子。

○ 把 handicap 變成「handy（手邊的）＋ cap」。

051 handsome [ˋhænsəm] 形 英俊的

When I come home on payday, my wife says, "Glad to see you, **handsome**!"

5
拆字分析

每當發薪日我回家時，我太太總說：「見到你真好，帥哥。」

● 這是 handsome 和 **hand some**（交出一些）的雙關語。

052 **have** [həv] 動 擁有

When it comes to children, the have-nots **have**, and the **haves** have not.

說到小孩啊，沒錢的人有小孩，有錢的人沒小孩。

● haves 是「擁有資產的人」，have-nots 是「沒有資產的人」。此句即「窮人生一大堆」的意思。

053 **Himalayas, the** 名 喜馬拉雅山

Yesterday was Father's birthday, so Mother made **Himalayas** cake.

昨天是爸爸的生日，所以媽媽做了喜馬拉雅蛋糕。

● 這是 Himalayas 和 **him a layer** 的諧音。意思是說母親為父親做了一個夾心蛋糕（layer cake）。

054 **Hindu** [ˋhɪnduː] 名 印度

"What's a **Hindu**?" 「印度人是什麼？」

"Lay eggs." 「在下蛋。」

● 把問題聽成是 What does a **hen do**?（母雞在做什麼）

055 **homeless** [ˋhoʊmləs] 形 無家的

Her husband is not really **homeless**—but he's **home less** than most husbands. 她丈夫也不算無家可歸，只是，他比大多數的丈夫都更少在家。

● 這是 homeless 和 home less (than . . .)（比……少在家）的雙關語。

056 **hospital** [ˋhɑːspɪtl̩] 名 醫院

"Where do they send sick ponies?"

"To the **horse-pital**."

「他們把生病的迷你馬送到哪裡去了？」

「送去馬醫院了。」

● 這是 hospital 和「horse + pital」的諧音。

41 Disc 2

057 **ice** [aɪs] 名 冰

When a warming trend hit the arctic, scientists were assigned to watch glaciers in danger of splitting. Naturally, all of the researchers had to have good **ice sight**.

暖流流經北極時，科學家被指派去觀察冰河，以防冰裂的危險。所以，這些研究者自然而然都要有好眼力。

5 拆字分析

○ 這是 ice sight 和 **eyesight**（視力）的諧音。

058 ice cream [aɪs kriːm] 名 冰淇淋

Judy：Did you say **ice cream**?

Rudy：Why, no—you're hardly talking above a whisper.

茱蒂：妳剛剛是說<u>冰淇淋</u>嗎？（註：我尖叫）

如蒂：怎麼啦，沒有啊。妳講話都很小聲的。

○ 把 ice cream 聽成 **I scream**（我尖叫）。

059 ideal [aɪˋdɪəl] 名 理想

Ideal: what you say when it's your turn to distribute the cards.

　理想：就是換你出牌時你所會說的話。

○ 這是 ideal 和 **I deal**（我跟）的諧音。

060 illegal [ɪˋliːgl] 形 不合法的

"Why wasn't the eagle allowed to visit the hospital?"

"Because it was **illegal**."

「為什麼老鷹不准到醫院去？」

「因為那不合法。」

○ 這是 illegal 和 **ill eagle**（生病的老鷹）的諧音。第二句的 it，可以解釋為「去醫院探病」，也可以解釋為「那隻老鷹」。

061 increase [ɪn`kriːs] 動 增加

Increase: needing pressing.

增加:需要整平。

○ 這是 increase 和 **in creases**(滿是皺紋)的諧音。

062 infant [`ɪnfənt] 名 嬰孩

"What is the smallest ant in the world?"

"An **infant**."

「世界上最小的螞蟻是什麼?」

「是小嬰兒。」

○ 這是 infant 和「inf + ant(螞蟻)」的諧音。

063 Iran [ɪ`ræn] 名 伊朗

"How did you catch that Persian plane?"

"**Iran**."

「你怎麼趕上這班
波斯飛機的?」

「伊朗。」(註:
用跑的)

○ 這是 Iran 和 **I ran**(我用跑的)諧音。伊朗,舊稱
Persia(波斯)。

5
拆字分析

064 **Jakarta** [ˋdʒəkɑːrtə] 名 雅加達

"My mother-in-law has gone to Indonesia."

"To **Jakarta**?"

"No. She went by plane."

「我丈母娘去印尼了。」

「去雅加達嗎？」

「不是，她坐飛機去的。」

○ 這是印尼的首都 Jakarta 和「Did you cart her?」（你用貨車送她去的嗎）的諧音。

065 **Jamaica** [dʒəˋmeɪkə] 名 牙買加

"My mother-in-law has gone to the West Indies."

"**Jamaica**?"

"No, she decided to go by herself."

「我丈母娘去西印度群島了。」

「是去牙買加嗎？」

「不，是她自己決定要去的。」

○ 牙買加是位於英屬西印度群島的獨立國家。這是把 Jamaica 聽成是「Did you make her?」（是你硬要她去的嗎），這是經典的雙關語。

066 justice [`dʒʌstɪs] 名 正義

"What's the difference between the law and an ice cube?"

"Nothing. They're both just **just-ice**."

「法律和冰塊有什麼不同？」

「沒有不同，都只是冰塊。」

○ 這是 justice 和 just ice（只是冰塊）的雙關語。

067 lettuce [`letɪs] 名 生菜；萵苣

"They had salad for school dinner, so how did they say grace?"

"**Lettuce** pray."

「學校的晚餐有沙拉，那他們要怎麼作飯前禱告？」

「就說『萵苣禱告』。」

○ lettuce 和 let us 發音相近。

5

拆字分析

068 lighthouse [`laɪthous] 名 燈塔

"What kind of house weighs the least?"

"A **lighthouse**."

「哪一種房子最輕？」

「燈塔。」

○ lighthouse 和 light house（重量很輕的房子）的雙關語。

069 Liverpool [`livə،pul] 名 利物浦

England not only has a blood bank, it also has a **Liverpool.** 英格蘭不只有血庫，還有利物浦。

● 這是利物浦（位於英格蘭西北部的港口城市）和「liver（肝臟）＋pool（池子）」的雙關語。

070 mango [`mæŋgou] 名 芒果

Teacher: Who can tell where we find **mangoes**?

Carlo: I guess everywhere woman goes.

老師：誰來說說看，哪裡可以看到芒果？

卡蘿：我猜，有女人的地方都可以看得到。

● 把 mangoes（mango 的複數）聽成是 **man goes**.

071 marmalade [`mɑːrmələɪd] 名 橘子醬

Disc 2 *43*

"What did the baby chicken say when its mother laid an orange?"

"Look what **mama laid**!"

「小雞看到媽媽生了一顆橘子，牠會說什麼？」

「看媽媽生了什麼！」

● 這是 mama laid（媽媽生了）和 **marmalade** 的雙關語。

072 **maybe** [ˋmeɪbi] 副 也許

"What do you call a bee born in May?"

"A **maybe**."

「你怎麼稱呼一隻在五月出生的蜜蜂？」

「一隻『也許』。」

○ 這是 maybe 和 May bee（五月蜜蜂）的諧音。

073 **mistake** [mɪˋsteɪk] 動 弄錯

"Why is a bachelor such a smart man?"

"Because he's never **miss-taken**."

「為什麼單身漢是聰明人？」

「因為他從未擄獲過芳心。」

○ 這是「從不犯錯」（never make a mistake）和「從未擄獲芳心」（never miss-taken）的諧音。

074 **monkey** [ˋmʌŋki] 名 猴子

"What keys scratch themselves under the arms?"

"**Monkeys**."

「什麼鑰匙會抓自己的腋下？」

「猴子。」

○ 把 monkey 當成是一種 key（鑰匙）所產生的趣味。

5 拆字分析

075 **Moscow** [`mɒsko] 名 莫斯科

"Do you know what Napoleon said on his retreat from Russia?"

"No, I don't."

"**Moscow**."

「你知道拿破崙從俄羅斯撤退時，說了什麼嗎？」

「我不知道。」

「莫斯科。」

○ 這是 Moscow 和 **must go**（非走不可）的諧音。

076 **moth** [mɑːθ] 名 蛾

"What's the biggest moth ever known?"

"The **mammoth**."

「大家所知道最大的蛾是什麼？」

「是長毛象。」

○ 把 mammoth 分解成「mam + moth」，當成一種蛾。

077 **museum** [mjuˋziːəm] 名 博物館

"Where would you go to see a prehistoric cow?"

"To a **moo-seum**."

「去哪裡可以看到史前的牛？」

「去牛館。」

⦿ 這是 museum 和「moo＋seum」的諧音。moo 是牛叫聲。

078 **Napoleon** [ˋnɑpoliən] 名 拿破崙

Disc 2 44

If **Napoleon** had been hit by a cannon ball, he would have been Napoleon Blown-Apart! 如果拿破崙被大砲打到，就會成了「七零八落拿破崙」！

⦿ 這是拿破崙的本名 Bonaparte 和 blown-apart（被風吹得七零八落）的諧音。

079 **Nile, the** 名 尼羅河

◆ "Why was Cleopatra so negative?"

"She was Queen of **denial**."

「克利奧佩特拉為什麼這麼消極？」

「因為她是否定女王。」

⦿ 這是 denial（拒絕、否定）和 the Nail 的諧音。克利奧佩特拉即是史上知名的「埃及艷后」。

◆ **Teacher**: What are the smaller rivers that make up the Nile called?

Pupil : The juve-Niles.

老師：匯流成尼羅河的支流是什麼？

學生：是青少年。

5 拆字分析

● 這是把 juvenile（未成年的青少年）變成 juve-nile。

080 **Noah** [ˋnoə] 名 諾亞

Finding out what her students know about the Bible, the Sunday-school teacher pointed to a young boy and said,

"Billy, can you tell me who built the ark?"

Shifting in his seat, Billy said, "**No ... uh ...** "

Smiling the teacher said, "That's right."

為了知道學生對聖經了解多少，主日學校的老師點一個年輕男孩，問道：

「比利，你能告訴我是誰造了方舟的嗎？」

比利在位置上努力想：「不……嗯……」

老師微笑說：「答對了。」

● 老師以為他回答出 Noah。諾亞是希伯來人的族長，在大洪水之際受上帝啟示，攜帶家族及動物乘方舟而倖免於難。Noah's ark 是「諾亞方舟」。

081 **Nobel** [noˋbel] 名 諾貝爾

"What's the definition of 'summer vacation'?"

"The teachers' **Nobel** Peace Prize."

「暑假的定義是什麼？」

「教師的諾貝爾獎。」

○ 這是 Nobel 和 **no bell**（沒有鐘聲）的諧音。意指在暑假可以不必聽到上課鐘聲。

082 **noble** [ˋnoʊbl̩] 形 高貴的

A farmer who only owns cows is a **noble** man.

一個只養母牛的農夫，是高貴的人。

○ 只養母牛，就是 **no bull**（沒有公牛），與 noble 發音類似。

083 **nuclear** [ˋnjuːklɪɚ] 形 原子核的

Nuclear physics is better than the old, cloudy kind.

原子核物理學，是比老舊、有烏雲的那一種要好。

○ 把 nuclear 當成 new＋clear（新的＋放晴的），所以說比舊的、有烏雲的好。

084 **Ohio** [oˋhaɪo] 名 俄亥俄州

Ohio is a friendly state because there is a "hi" in the middle of it.

俄亥俄州很友善，因為州名裡頭有「hi」這個字。

45 Disc 2

085 **old** [oʊld] 形 老的

Mother: Barney, please run across the street and see how **old** Mrs. Harvey is.

5 拆字分析

Barney: I've already gone, and she says it's none of my business how **old** she is.

媽媽：巴尼，請跑去對面看一下老哈維夫人的情況如何。

巴尼：我去了，可是她說她幾歲不關我的事。

○ 把「how」old Mrs. Harvey is（老哈維夫人好不好）和「how old」Mrs. Harvey is（哈維夫人多老了）的意思弄錯。

086 **operator** [ˋɑːpəreɪtɚ]

名 機械技師；接線生

An **operator** is a person who hates opera.

接線生，就是討厭歌劇的人。

○ 這是 operator 和「**opera + hater**」（討厭歌劇的人）的雙關語。

087 **or** [ɔːr] 連 或

"Is your baby a boy **or** a girl?"

"Of course, what else could it be?"

「妳的寶寶是男的還是女的？」

「當然囉，不然還會是什麼？」

○ 把問題聽成是「妳的寶寶是男的或女的吧？」

088 Oscar [`ɑːskər] 名 奧斯卡獎

A car sometime owned by a movie star is an "Os-car".

有種有時屬於電影明星的車子，就叫做「奧斯車」。

○ 把 Oscar 拆為「Os + car」的雙關語。

089 paradise [`pærədaɪs] 名 天堂；伊甸園

"Why did Adam and Eve have to stop gambling?"

"Because their **paradise** was taken away from them."

「為什麼亞當和夏娃不能再玩賭博了？」

「因為他們被逐出天堂了。」（註：他們的兩顆骰子被拿走了）

○ paradise 和 **a pair of dice**（一對骰子）發音有點接近。

090 programmer [`proʊɡræmɚ] 名 節目策畫者

A **programmer** is a person who is in favor of the metric system.　節目策畫者，就是贊成度量制度的人。

○ 把 programmer 分解成「pro-（支持……）+ gram（公克）+ -er（……人）」。

091 quarterback [ˋkwɑːtɚˌbæk]

名 美式足球的四分衛

Sending a girl for a college education costs fifteen to twenty thousand dollars. That's a lot of money to invest and have her only bring a **quarter back**.

送一個女孩去接受大學教育，要花一萬五千到兩萬美元，這可是不小的投資，而且她最後只會帶 25 分錢回來。

🔵 bring a quarter back，指她最後回來時，身上只會剩下 25 分錢，bring a **quarterback** 則是指「帶一個美式足球的四分衛」。

092 rectangle [ˋrɛktæŋgl] 名 長方形

A love **triangle** is a relationship that usually ends up in a **wreck-tangle**.

戀愛的三角關係，通常都以破滅和爭吵收尾。

🔵 這是 rectangle 和「wreck（破滅）＋ tangle（糾紛）」的諧音。

093 rocket [ˋrɑːkɪt] 名 火箭

"How do you get a baby astronaut to go to sleep?"

"**Rocket**."

「怎麼讓一個嬰兒太空人去睡覺？」

「讓他坐火箭。」

（註：搖他睡覺）

○ 這是 rocket 和 **rock it**（搖他）的諧音。

094 sandwich [ˋsænwɪtʃ] 名 三明治

"Why do hungry people go to the desert?"

"For the **sand which** is there."

「飢餓的人為什麼要去沙漠？」

「因為要去沙漠找沙子。」（註：三明治）

095 seafood [ˋsiːfuːd] 名 海鮮

The doctor put me on a **seafood** diet. Now I eat only when I **see food**.

醫生要我吃海鮮做食療。現在，我只有看到食物的時候才吃。

○ 這是 seafood 和 see food（看見食物）的諧音。

096 **selfish** [`sɛlfɪʃ] 形 自私的

"Why can you never expect a fisherman to be generous?"

"Because his business makes him **sell fish**."

「為什麼不要去期望魚販會很大方？」

「因為他的職業就是賣魚。」

● 這是 sell fish 和 **selfish** 的諧音。make him sell fish 是「讓他去賣魚」，make him selfish 是「讓他變自私」。

097 **somebody** [`sʌmbədi] 名 名人

To get into show business a girl should know **somebody** or have **some body**.

要進入演藝圈的女生，要嘛就得認識一些名人，不然就是身材要很辣。

● 這是 somebody 和 some body（有身材）的雙關語。

098 **Tarzan** [`tɑrzn] 名 泰山

Tarzan is just the short name for the American flag. Its full name is the Tarzan Stripes. 泰山是美國國旗的簡稱，它的全名是「泰山條紋」。

● 這是 Tarzan Stripes 和 Stars and Stripes（美國星條旗）

的諧音。Tarzan 是非洲叢林冒險故事的主角。

47 *Disc 2* **099** **telephone** [ˋtɛləˌfon] 名 電話

"Can you **telephone** from an airplane?"

"Sure, anyone can **tell a phone** from an airplane."

「你可以從飛機上打電話嗎？」

「當然囉，誰都能分辨電話和飛機。」

○ 故意把 telephone 聽成 tell a phone。「tell A from B」是「區別 A 和 B」的意思。

100 **Thailand** [ˋtaɪlənd] 名 泰國

"What country is the best place on earth to shop for neckwear?"

"Thailand."

「世界上哪個國家，是買領帶的最佳去處？」

「泰國。」

○ 這是 Thailand 和 **tie-land**（領帶王國）的諧音。

101 **tourist** [ˋturɪst] 名 觀光客

"Why is a guidebook like handcuffs?"

"Because they're both for **tourists**."

「旅遊書和手銬為何相似？」

「因為都是給要觀光客用的。」

● 這是 tourists 和 **two wrists**（兩個手腕）的諧音。

102 tulip [`tuːlɪp] 名 鬱金香

"What kind of flowers makes you think of a kiss?"

"**Tulips**."

「哪一種花會讓人聯想到親吻？」

「鬱金香。」

● 這是 tulips 和 **two lips**（雙唇）的諧音。

103 tuna [`tuːnə] 名 鮪魚

Hubert : What is the difference between a **tuna** fish and a piano?

Erastus : I don't have the foggiest idea.

Hubert : You can't **tuna** fish.

胡　伯　特：鮪魚和鋼琴，兩者有何不同？

伊拉特絲：我完全不知道。

胡　伯　特：你不能鮪魚。（註：幫魚調音）

● 這是 tuna fish 和 tune a fish（幫魚調音）的諧音。

104 UCLA 名 加州大學洛杉磯分校

"What happens when the smog lifts over Los Angeles?"

"**UCLA**."

「當洛杉磯的煙霧消散時，會怎麼樣？」

「加州大學洛杉磯分校。」

○ 這是 UCLA 和 **you see LA**（你看見洛杉磯）的諧音。
UCLA 是 University of California at Los Angeles 的簡
稱。

(105) **Venice** [`vɛnɪs] 名 威尼斯

Venice is an Italian interrogative, as in "Venice
the next gondola, please?"

威尼斯是義大利文的疑問詞，例如：「請告訴我下
一班遊船是什麼時候好嗎？」

○ 這是 Venice 和 **when is**（何時……）的諧音。Venice 的
義大利文是 Venezia。

(106) **vest** [vest] 名 汗衫

"What did the policeman say to his stomach?"

"I've got you under a **vest**."

「警察會對他的胃說什麼？」

「我在汗衫下抓到你了。」

○ 這是 under a vest 和 **under
arrest** 的諧音。get
somebody under arrest 是
「逮捕某人」的意思。

5 拆字分析

107 vitamin [ˋvaɪtəmɪn] 名 維他命

"When someone comes to your door, what is the polite thing to do?"

"Vitamin."

「有人來敲門時，該怎麼做才有禮貌？」

「維他命。」

● 這是 vitamin 和 **invite him in**（邀請他進來）的諧音。

108 Warsaw [ˋwɔːsɔɪ] 名 華沙（波蘭首都）

Warsaw: the bombing of Poland.

華沙：波蘭的轟炸。（註：戰爭目擊了波蘭的轟炸）

● 這是 Warsaw 和 **war saw**（戰爭見到）的諧音。

109 waterfall [ˋwɔːtəˏfɑːl] 名 瀑布

"Why did the boy throw a bucket of water out the window?"

"He wanted to see the waterfall."

「為什麼那個男生把一桶水倒出窗外？」

「因為他想看瀑布。」

● 這是 waterfall 和 **water fall**（水掉下來）的雙關語。

110 weekend [ˌwiːkˋend] 名 週末

"I don't know what to do for my **weekend**."

"Put your bat on it."

「我不知道週末要做什
麼。」（註：不知道該拿自
己的笨腦袋怎麼辦）「把球
棍放在上面。」

○ 這是 weekend 和 **weak end**
（脆弱的末端）的諧音。

111 wire [waɪr] 名 線圈

As the philosophical tightrope walker asked himself, "**Wire** we here?"

處變不驚的走鋼絲人自問：「我們為何在這？」

○ 這是 wire 和 **why are** 的諧音。

112 wise [waɪz] 形 聰明的

"What is the meaning of the word '**wise**'?"

"It's used by most children as, 'Wise the sky blue?'"

「『wise』這個字是什麼意思？」「大部分的孩子
是這樣用的：『天空為什麼是藍的？』」

○ 這是 wise 和 **why's**（why is）的諧音。

5
拆字分析

(113) **with** [wɪð] 連 伴隨著；用

The police are looking for a man **with** one eye.
Typical police efficiency! 警察在找一個獨眼男子，真
是典型的警察辦事效率啊！

● 「a man with one eye」是獨眼男子，而本句的「with
one eye」也可用來指警察只用一隻眼睛搜索，暗指警
察辦事不力。

6 相近發音

001 **Bach** [`bætʃ] 名 巴哈

The most dangerous composer to punch is one who will hit you **Bach**.

在作曲家中，最危險的出拳對象，就是會回擊你的那個巴哈。

○ 巴哈（John Sebastian Bach, 1685-1750）是德國作曲家。Bach 和 **back** 的英文發音相似。

002 **bee** [biː] 名 蜜蜂

A man started a **bee** farm to keep **buzzy**.

有個男人開了家養蜂場，以保持嗡嗡叫。

○ buzzy（蜜蜂嗡嗡叫）和 **busy** 音相近，且與 bee 相關。

003 **Beethoven** [`betovən] 名 貝多芬

"Which classical composer do bees prefer to listen to?"
"**BEEthoven**."

「蜜蜂喜歡聽哪位作曲家的古典音樂？」

「嗶多芬的。」

● 貝多芬（Ludwig van Beethoven, 1770-1827），德國作曲家。「Beethoven」的第一音節有「**bee**」，因此說蜜蜂喜歡聽。

004 **behave** [bɪ`heɪv] 動 表現

"What did the teacher bee say to the naughty bee?"

"**Behive** yourself."

「蜜蜂老師對頑皮的蜜蜂說什麼？」

「守規矩一點！」

● 這是 **behave** 和 **bee hive** 的發音類似。behave oneself 是「守規矩」。

005 **Cadillac** [`kæd͵læk] 名 凱迪拉克轎車

"There," said the newlywed husband pointing to Niagara Falls, "I told you that if you married me I'd show you the world's greatest **cataract**."

"Cataract!" screamed the former chorus girl. "I thought you said **Cadillac**."

「看吧！」新婚的丈夫指著尼加拉大瀑布說：「我說過，只要妳嫁給我，就帶妳去看全世界最大的瀑布。」

這個以前在玩合唱團的女孩尖叫說：「瀑布！我還以為你說的是凱迪拉克轎車！」

California [ˌkælə`fɔːrnjə]

名 加利福尼亞州

"Where do the American cows go for a vacation?"

"To sunny **Cowfornia**."

「美國的牛去哪裡度假？」

「去充滿陽光的牛福尼亞。」

⦿ 這是 **California** 和 Cowfornia 的諧音。英文中並無「Cowfornia」這個字。

007 **Chopin** [`ʃopæn] 名 蕭邦

A sign on the door of a music store: Gone **Chopin**. Bach in a **minuet**.

唱片行門口的一個招牌寫著：蕭邦已離開，巴哈在跳小步舞。（註：去血拼，很快就回來）

⦿ 這是 Chopin 和 **shopping**、Bach（巴哈）和 **back**、minuet（小步舞曲）和 **minute** 的諧音。in a minute 是「立刻」的意思。

6 相近發音

008 **cough** [kɑːf] 動 咳嗽

Doctor : Do you still smoke cigarettes?

Patient : Of **cough**, of cough.

醫生：你還抽菸嗎？

病人：咳，咳。

● 這是 cough 和 **course** 的諧音，這裡指 of course。

009 **dance** [dæns] 名 舞蹈

Dance: a stupid or ignorant person.

舞蹈：愚蠢或無知的人。

● 把 dance 和 **dunce**（傻瓜、劣等學生）搞錯。

010 **ferry** [ˋferi] 名 渡輪

Mac : Do you want to hear a story about a ship that goes back and forth, back and forth, back and forth?

Babs: No.

Mac : Why not?

Babs: Because I don't believe in **ferry** tales.

麥　克：你想不想聽一個關於一艘擺渡來擺渡去、擺渡來擺渡去、擺渡來擺渡去的船的故事？

貝比斯：不想。

麥　克：為什麼？

貝比斯：我不相信渡船的故事。

（註：神話故事）

● 這是 ferry 和 fairy（仙女）的諧音。fairy tale 是「童話故事、神話故事」的意思。

011 Ford [fɔːrd] 名 福特汽車

Geography Teacher: Alec, where could you see a **fjord**?

Alec: In a Norwegian garage.

地理老師：艾列克，哪裡看得到峽灣？（註：福特汽車）

艾 列 克：在挪威的車庫裡。

● fjord（海峽、峽灣）和 Ford 發音相近。

012 grammar [ˋɡræmɚ] 名 文法

A little girl opened the door to her teacher.

"Are your parents in?" asked the teacher.

"They was in," said the little girl, "but they is out now."

"They was in! They is out!" exclaimed the teacher, "Where is your **grammar**?"

"In the front room watching TV."

小女孩幫老師打開門。老師問：「妳爸媽在嗎？」

小女孩說：「他們在，不過現在出去了。」

「他們在，他們現在出去了！」老師大叫：「妳的文法哪裡去了？」

「她在客廳看電視。」

● 老師糾正小女孩的文法，結果她又把 grammar 聽成 **grandma**（祖母）。

013 happy [`hæpi] 形 快樂的

I went frog hunting and came home very **hoppy**.

我去獵蛙，回家感到很雀躍。

○ 這是 happy 和 hoppy（hop＋py）的雙關語。青蛙的跳躍，便是用 hop 這個字，英文中沒有 hoppy 這個字。

014 jab [dʒæb] 名 猛擊

A retired boxer is someone who's lost his **jab**.

退休的拳擊手，就是不再出拳的人。

○ jab 和 job 的諧音。退休的拳擊手不再出拳（jab），也沒有工作（job）了。

015 mad [mæd] 動 生氣

A dictator is a self-**mad** man.

獨裁者，是對自己生氣的人。

○ 這是 mad 和 **made**（make 的過去分詞）的雙關語。self-made 是「白手起家」。

016 mania [`meɪnɪə] 名 躁狂症

My psychiatrist guarantees satisfaction or your **mania** back. 我的精神科醫生有滿意保證，若不滿意，就<u>繼續瘋下去</u>。（註：退錢）

○ 這是 mania back 和 money back（退錢）的諧音。

017 **margarine** [ˌmɑːrdʒəˈriːn] 名 人造奶油

When **margarine** was invented, people said it was **butter** than nothing.

人造奶油發明之初，人們說，聊勝於無。

● margarine 和 butter（奶油）是相關字，這是 butter 和 better 的諧音。

018 **MD** [ˌemˈdiː] 名 醫學博士

"Why can't you believe anything doctors say?"

"Because they make **MD** promises."

「你為什麼不相信醫生說的話？」

「因為他們都說醫學博士的承諾。」

● MD = Doctor of Medicine（醫學博士），和 **empty** 的發音相似。

019 **money** [ˈmʌni] 名 金錢

Sign outside an amusement park: Children under 14 must be accompanied by **money** and daddy.

遊樂園外面的標示：14 歲以下兒童，需由金錢及父親陪同。

6 相近發音

257

⬤ 原本應該是 **mommy** and daddy。

⑳ operetta [ˌɑːpəˈretə] 名 輕歌劇

Operetta: a girl who works for the phone company.

輕歌劇：在電話公司工作的女孩。

⬤ 這是 operetta 和 **operator**（接線生）的諧音。「輕歌劇」是十九世紀民主化社會中，為適應一般的通俗品味，而所形成的「輕音樂」。

㉑ putt [pʌt] 動 推球

A golf ball is a golf ball no matter how you **putt** it.

不管你怎麼推球，高爾夫球還是高爾夫球。

（註：不管你怎麼說）

⬤ 這是 putt 和 **put**（表現）的諧音。「How do you put it in English?」是「這用英文該怎麼說？」的意思。

㉒ robot [ˈroʊbɑːt] 名 機器人

52 Disc 2

Andy: How does your dad manage to go fishing right in the middle of the lake?

Zak : Oh, he just takes his **robot**.

安迪：你爸爸怎麼有辦法到湖中央去釣魚的？

薩克：喔，他帶了他的機器人去。

⬤ 這是 robot 和 **rowboat**（划艇）的諧音。意指搭船划槳去的。

023 salmon [`sæmən] 名 鮭魚

When **salmon** swim upstream, they have to **salmon** up a lot of effort.

鮭魚往上流游，牠們必須力爭上游。

○ 本句的第二個salmon其實應該用「summon」（奮起）才正確。

024 ship [ʃɪp] 名 船

Many a girl discovered too late that a sailor can be a wolf in **ship's** clothing.

很多女孩發現水手可能是披著船裝的狼時，都已經為時已晚了。

○ 這是 ship 和 **sheep**（綿羊）的諧音。a wolf in sheep's clothing 是「披著羊皮的狼」，指偽善的危險人物。

025 summer [`sʌmɚ] 動 避暑；過夏天

"Do you **summer** in the country?"

"No, I **simmer** in the city."

「你要去鄉下避暑嗎？」

「沒有，我在城市沸騰。」

○ 無法去鄉下避暑（summer），只好在城市中煮沸（simmer），表示很熱。

6
相近發音

026　thirsty [ˋθɝstɪ] 形 口渴的

Robinson Crusoe (to a Native): Are you **thirty**, my lad?

Native: No, sir. I'm Friday. But you can call me any day of the week you want to.

魯賓遜對當地人說：你渴嗎，兄弟？

當地人：不，先生，我叫星期五。不過你要叫我星期幾都可以。

○ 把 thirsty 聽成 Thursday（星期四）。魯賓遜是狄福（Daniel Defoe, 1660-1731）的小說《魯賓遜漂流記》（*Robinson Crusoe*）中的主角，因遇到海難而長年在孤島上生活。Friday 是他僕人的名字。

027　two [tuː] 名 二

"How long does the bus stop at the station?"

"From **two** to two till two-two."

"That's a beautiful imitation of a train whistle."

「公車會在站牌停多久？」

「從差兩分兩點，到兩點兩分。」

「你學火車鳴笛學得真像。」

○ 把對方的回答聽成是 **choo-choo**（蒸氣火車所發出的聲音）。

028 **unaware** [͵ʌnə`wɛɚ] 形 未察覺到的

Teacher: Can you tell me the meaning of "**unaware**"?

Pupil : "Unaware" is what you put on first and take off last.

老師：你能告訴我「unaware」的意思嗎？

學生：「unaware」是最先穿上、最後脫下的那一件衣服。

○ 把 unaware 聽成 underwear（內衣）。

53
Disc 2

029 **vanish** [`vænɪʃ] 動 消失

To make spots on floors disappear you should **vanish** them.

要讓地板上的斑點消失，就應該把它們弄不見。

○ 這是 vanish 和 varnish（塗油漆）的諧音。

030 **Vogue** [voɡ] 名 美國時尚雜誌名；流行

She's **vogue** on the outside and **vague** on the inside.

她外表很時髦，但內在空空如也。

○ 這是 vogue 和 vague（模糊）的諧音。vogue 字首大寫指雜誌名，小寫指流行。本句意指外在打扮時髦，但腦袋卻空無一物。

6
相近發音

對比單字

 01
Disc 3

001 **bad** [bæd] 形 壞的

A pessimist is someone who feels **bad** when he feels **good** for fear he'll feel **worse** when he feels **better**.

悲觀主義者，就是當他心情好的時候，他會感到難過，因為他擔心，等他心情更好時，他會更難過。

⬤ bad 和 good、worse 和 better，是兩組反義字。

002 **behind** [bɪ`haɪnd] 介 在……後面

The advantage of speaking another language is you can talk **behind** someone's back right **in front of** their face.

學會說其他語言的好處，就是可以在別人面前說他們的壞話。

⬤ 「behind someone's back」是片語，指秘密進行，不為人所知。而如果對方聽不懂你的語言，自然就可在對方面前「talk behind someone's back」了。

003 come [kʌm] 動 來自

She is at the awkward age. She stops asking where she **came** form and refuses to say where she is **going**.

她正在怪裡怪氣的年齡。她不再問自己從哪裡來，也拒絕說自己要去哪裡。

○ come 和 go 是反義字。意指她不再問自己是怎麼出生的，但也不說要去哪裡。

004 good [gʊd] 形 好的

The doctor finished his examination and with a smile on his face said, "Mrs. Anderson, I have some very **good** news for you."

"Miss Anderson," she corrected.

The doctor said,"Miss Anderson, I have some very **bad** news for you!"

醫生檢查完之後，帶著笑容說：「安德森太太，我有個好消息要給妳。」

「是安德森小姐。」她訂正說。

醫生說：「安德森小姐，我有個很糟糕的消息要給妳。」

○ good 和 bad 是反義字。因為那位小姐說自己未婚，所以懷孕本來是好消息，就變成了壞消息。

7

對比單字

005 **happiness** [ˋhæpinəs] 名 快樂

The search for **happiness** is one of the chief sources of **unhappiness**.

追求快樂,是造成不快樂的主要原因。

006 **large** [lɑːrdʒ] 形 大的

Economy size: The **large** can of soup and the **small** automobile.

經濟型的大包裝:湯罐頭很大,車子很小。

007 **later** [ˋleɪtər] 副 較晚的

Men have a much better time than women: for one thing, they marry **later**; for another, they die **earlier**.

男人過得比女人好,因為男人比較晚結婚,又比較早死。

02 Disc 3 008 **life** [laɪf] 名 生命

Life is a near **death** experience.

人生是一種接近死亡的體驗。

● life 和 death 是反義字。near death 是「瀕臨死亡」的意思。附帶一提，near-death experience 是「瀕死經驗」的意思。

009 **longer** [ˈlɑːŋgɚ] 形 較長的

I made this letter **longer** than usual, only because I haven't had time to make it **shorter**.

這封信我寫得比以往長，只是因為我還沒有時間把它修短。

010 **meaningful** [ˈmiːnɪŋfl] 形 有意義的

When a politician says a meeting was **meaningful**, it means that it was **meaningless**.

當政客說某次會議很有意義，那就表示那很沒意義。

011 **old** [oʊld] 形 老的

The great comfort of turning forty-nine is the realization that you are now too **old** to die **young**.

活到 49 歲，最大的安慰就是，知道自己夠老，不會英年早逝了。

7
對比單字

012　over [ˋouvɚ] 介 關於；在……上

"How do you like my hair? I spent a long time **over** it."

"Really? I spent a long time **under** it."

「你覺得我的頭髮怎麼樣？我花了很多時間在上面耶。」

「真的啊，我倒是花很多時間在頭髮下面。」

○ over 在這裡是「關於」（頭髮）的意思，對方故意把它解釋為「在（頭髮的）上方」，而說自己在頭髮的下面花很多時間，指常常動腦。

013　positive [ˋpɑːzətɪv] 形 正面的

A woman wears a sweater to accentuate the **positive** and a girdle to eliminate the **negative**.

女人穿毛線衫以強調胸部，穿束褲來縮小臀部。

○ positive 指正面的胸部，negative 指背面的臀部。

014　privately [ˋpraɪvətli] 副 私下地

It's illegal to make liquor **privately**, and to make water **publicly**.

私下釀酒和隨地小便，都是不合法的。

○ 這是以 liquor 和 water、privately 和 publicly 為對比的雙關語。

015 push [pʊʃ] 名 進取心

03 Disc 3

The person with **push** doesn't need pull.

積極的人不需要門路。

○ push 和 pull（門路）是相關字。

016 rich [rɪtʃ] 形 富有的

The rich man gives small tips because he doesn't want anyone to know he's **rich**, while the poor man gives big tips because he doesn't want anyone to know he's **poor**.

有錢人給的小費少，因為他不想讓人知道他有錢；窮人給的小費多，因為他不想讓人知道他很窮。

017 same [seɪm] 形 一樣的

Women are all the **same**: they all want to be **different**.

女人都一樣：她們都想要與眾不同。

018 single [ˋsɪŋgl] 形 單身的

When a woman is looking for a husband she is either **single** or **married**.

當女人在找丈夫時，她不是單身，就是已婚。

7

對比單字

○ single 和 married（已婚）是反義字。後者指的是先生已經過世的人。

⑲ **start** [stɑːrt] 動 開始；啟動

The trouble with my car is the engine won't **start** and the payments won't **stop**.

我車子的問題是：引擎發不動，開銷花不停。

⑳ **story** [ˋstɔːri] 名 故事

The only guy I know who makes a long **story** short is my editor.

能把長故事變短的人，我只認識一個，那就是我的編輯。

○ to make a long story short 是片語「長話短說」的意思。這裡是指自己的原稿常被刪減。

㉑ **take** [teɪk] 動 承受

Perfectionist: a person who **takes** infinite pains—and usually **gives** them to everyone around him.

完美主義者：承受無限的痛苦，而且還把痛苦分給旁人的人。

○ take 和 give（給）是反義字。意指帶給周圍的人壓力。

022 talk [tɑːk] 名 講話

Parents spend the first three years of a child's life trying to get it to **talk**, and the next 16 years trying to get it to **shut up**.

在孩子出生後的前三年，父母總想教他們說話，而在接下來的 16 年裡，則想辦法要讓他們閉嘴。

○ talk 和 shut up（閉嘴）是反義字。

023 temporary [ˋtɛmprəri] 形 暫時的

Temporary projects become permanent and **permanent** jobs become all too temporary.

暫時性的計畫，會變成永久性的，而永久性的工作，又總是太短暫。

○ 本句意指，想做暫時的工作，通常會做很久；而打算做長久的工作，卻一下子就被解雇。

024 this [ðɪs] 代 這個

Land developers and conservationists have a lot in common. A land developer is someone who wants to build a house in the mountains **this** year. A

7

對比單字

conservationist is someone who built a house in the mountains **last** year.

　　土地開發者和生態保育人士有許多共通點。土地開發者是今年想要在這座山蓋房子的人，而生態保育人士是去年想在這座山上蓋房子的人。

◯ 諷刺人在不同的時機，往往會採取不同的立場。

025 uneasy [ʌnˋiːzi] 形 不自在的

"What makes you so **uneasy**?"

"**Easy** payments."

「什麼事讓你這麼擔憂呀？」

「分期付款。」

◯ easy 和 uneasy 是反義字。the easy payment plan 是「按月付款」。

026 upper [ˋʌpɚ] 形 上面的

　　"Do you want an **upper** or **lower** berth?"

　　"Well, what's the difference?"

　　"An upper is lower and a lower is higher."

　　"That's clear—what other difference are there?"

　　"In the morning if you have an upper you have to get down and if you have a lower you have to get up."

　　「你要上舖還是下舖？」

「嗯，有什麼不同？」

「上舖比較便宜，下舖
比較貴。」

「這我明白，還有
什麼不一樣？」

「早上的時候，如
果你睡上舖，就得下來，
如果你睡下舖，就得起床。」

○ upper 和 lower、higher（較貴）和 lower（較便宜）、
get down（下來）和 get up（起來）是三組反義字。

027 **vertically** [ˋvɝtɪkl̩ɪ] 副 垂直地

Adult: one who has ceased to grow **vertically** but
horizontally.

成人：不再垂直生長，而是水平生長的人。

○ 意指成人身高沒有增加，但體重卻不斷變重。

028 **wrong** [rɑːŋ] 形 錯誤的

Fine: a tax for doing **wrong**, as distinguished from
a tax which is a fine for doing all **right**.

罰款：做錯事情要付的稅。它跟稅不同的地方是，
稅是什麼都做對卻要付的罰款。

○ 本句是以罰款和納稅的特性來作文章。

7
對比單字

8 相關單字

  001 **halves** [hævz] 名 half 的複數

And while married men may have better **halves**,
bachelors have better **quarters**.

已婚男人可能有比較好的另一半，不過單身漢會有
比較好的單人宿舍。

○ halves 和 quarters 是相關字。這是 better half（較好的另
一半）和 better quarters（更好的宿舍）形成的雙關語。

002 **iron** [aɪrn] 名 鐵

Boy : Can you tell me about the **Iron** Age, Dad?

Dad : Sorry, son—I'm a bit **rusty** on that.

男孩：爸，你能告訴我鐵器時代的
事嗎？

爸爸：抱歉，孩子，我對那個時代
有點生鏽了。（註：那個時
代的事情我有點忘記了）

○ iron 和 rusty（生鏽、經久不用而
遺忘）是相關字。

003 **lens** [ˋlɛnz] 名 透鏡

I had a brother who fell into a **lens** grinding machine and made a **spectacle** of himself.

我弟弟跌進磨透鏡機中，而讓自己出了糗。

○ lens 和 spectacles（眼鏡）是相關字。make a spectacle of oneself 是「使自己淪為笑柄」。

004 **monologue** [ˋmɑːnəlɑːg] 名 獨白

Two **monologues** do not make a **dialogue**.

兩段獨白並不能構成一段對話。

○ 兩個人各說各話，還是無法構成有來有往的對話。

005 **month** [mʌnθ] 名 月

"That used car battery you sold me for five dollars didn't even last two **months**."

"Well, the five dollars didn't even last two **days**."

「你賣給我的那個五塊錢的中古車用電池，用不到兩個月就沒電了。」

「這樣喔，可那五塊錢卻不夠兩天的開銷。」

006 **nudist** [`nuːˌdɪst] 名 裸體主義者

The first **nudist** convention received little **coverage**.

第一屆裸體大會被小篇幅地報導。

● nudist 和「cover（掩飾）＋ age」是相關字。coverage 又可指「報導範圍」的意思。

007 **plastic** [`plæsˌtɪk] 名 塑膠；整形外科

"What happened when the **plastic** surgeon stood too close to the fire?"

"He **melted**."

「整形外科醫師太靠近火會怎麼樣？」

「會融化掉。」

● plastic 和 melt（溶化）是相關字。意思是說整形外科（塑膠製）醫生會融化。

008 **sculptor** [`skʌlpˌtɚ] 名 雕刻家

A dinner was held for America's **sculptors**. **Marble** cake was served for dessert.

在一場為美國雕刻家所舉行的晚宴上，甜點是大理石蛋糕。

06 Disc 3

009 spin [spɪn] 動 旋轉

Patient: I woke up this morning with my head **spinning** and everything going round and round!

Doctor: Oh, you slept like a **top**!

病人：今天早上我起床時，頭一直在轉，所有東西都天旋地轉的！

醫生：噢，你睡得很熟吧！

（註；像個陀螺吧）

● spin 和 top（陀螺）是相關字。spin a top 是「轉陀螺」；sleep like a top 是「熟睡」的意思。

010 vote [voʊt] 名 投票權

Teacher: Charlie, can you define the system of checks and balances?

Charlie: Sure, we have that in my family.

Teacher: What do you mean?

Charlie: I have the **vote** and Dad has the **veto**.

老師：查理，你能不能為「制衡」下個定義？

查理：當然，我們家就是這樣。

老師：什麼意思？

8 相關單字

查理：我有投票權，而爸爸有否決權。

○ vote 和 veto（否決權）是相關字。checks and balances 是「（基於三權分立）彼此互相制衡」之意。

011 **wholesale** [`hoʊl‚saɪl] 名 批發

Author: someone who gets words **wholesale** and sells them **retail**.

作家：批發文字，再零售出去的人。

○ wholesale 和 retail（零售）是相關字。諷刺作家將大批的貨物（指文字）零星出售（指文章）以賺錢。

Part 2

諺語

07 **001** **absence** [ˋæbsəns] 名 不在；缺席
Disc 3

a *Absence makes the heart grow fonder.*
小別勝新婚。

Nonsense makes the heart grow fonder.

言不及義的話會增長愛意。

○ 意指說一些毫無意義的話來討人歡心。

002 **accident** [ˋæksɪdənt] 名 意外

a *Accident will happen (in the best-regulated families).* 天有不測風雲。

A-Jun was thrilled when his wife went to into labor. Much to his surprise, however, the baby came out with blue eyes, straight blond hair and light skin.

"How could this be?" A-Jun exclaimed. "how can my baby be white?"

Shrugging, his wife said, "**Occidents will happen.**"

阿俊的太太去生產時，他很緊張。出乎意料的是，小嬰兒竟然是藍眼睛、金色直髮、白皮膚！

「這怎麼可能？」阿俊大叫：「我的小孩怎麼會是個白人？」

他太太聳肩說：「天有不測西洋。」

◎ 這是 accident 和 occident（西洋）的諧音。

003 all [ɑ:l] 名 全部

(a) *All's well that ends well.* 結果皆大歡喜。

All's well that ends.　好事沒好終。

◎ 這是斷章取義的諺語。

004 apple [`æpl̩] 名 蘋果

(a) *An apple a day keeps the doctor away.*
一天一蘋果，醫生遠離我。

Knock, knock.
Who's there?
Minneapolis.
Minneapolis who?
Minneapolis a day keeps
the doctors away.

叩，叩。

是誰？

明尼亞波利。

明尼亞波利誰？

明尼亞波利（註：許多蘋果）一天，醫生遠離我。

◎ 這是 Minneapolis 和 **many apples** 的諧音。
Minneapolis 是美國明尼蘇達州（Minnesota）最大
的城市，跟蘋果並沒有什麼特別關聯。

005 **art** [ɑːrt] 名 藝術

a *Art is long, life is short.* 生有涯，知無涯。

Art is long, but artists are usually short.

藝術很高深，但藝術家通常長得很矮。

○ 在諺語本來的意思中，art 指的是「醫術」而非「藝術」，此語最早出自西方「醫學之父」希波克拉底（Hippocrates）。

08 Disc 3

006 **beauty** [ˈbjuːti] 名 美麗；美人

a *A thing of beauty is a joy forever.*
美是永恆的喜悅。

◆ What the girls say—a thing of beauty is a **boy** forever.

女孩都這麼說：美麗的事物，猶如永遠的美少年。

○ 這是 boy 和 joy 的諧音。這句諺語是來自十九世紀的英國詩人約翰・濟慈（John Keats, 1795-1821）的詩 *Endymion*（希臘神話中的牧羊美少年）中的第一行。

◆ A thing of **duty** will **annoy** forever.

責任，永遠都擾人。

◆ A brainless beauty is a **toy** forever.

沒有智慧的美女，只能是玩物。

(b) *Beauty is in the eye of the beholder.*
情人眼裡出西施。

Beauty is in the eye of the **beerholder**.
喝了啤酒的男人，眼中出西施。

○ 這是 beholder 和「beer + holder」的雙關語。

(c) *Beauty is only (but) skin-deep.*
美貌是膚淺的。

Beauty is **only skin**.
美麗就是外在美。

○ 將原諺語斷章取義。

007 **bird** [bɜːd] 名 鳥

(a) *A bird in the hand is worth two in the bush.*
一鳥在手，勝過二鳥在林。

◆ Ecologists believe that a bird in the **bush** is worth two in the **hand**.
環境保護者相信，二鳥在手，不如一鳥在林。

◆ **Maude**: The ring of sincerity was in his voice when he told me of his love.

  May : It should have been in his hand. A **ring** in the hand is worth two in the **voice**.

茅德：當他向我傾訴愛意時，我聽得出他的真誠。

梅　：真誠應該是在他手裡的。一個手上的戒指，
　　　勝於說戒指說了兩次。

....

◎ 這是 ring「戒指」和「聲響、音調」的雙關語。

ⓑ *Kill two birds with one stone.* 一石二鳥。

"Doctor, I'm sorry to drag you so far out in the country on such a bad day."

"Oh, it's all right because I have another patient near, so I can **kill two birds with one stone**."

「醫生，很抱歉，天氣這麼壞，還要你到鄉下跑這麼遠一趟。」

「噢，沒有關係，我有個病人也在附近，剛好可以丟一顆石頭就砸死兩隻鳥。」

ⓒ *The early bird catches the worm.* 早起的鳥兒有蟲吃。

"Why did the worm oversleep?"

"Because he didn't want to be caught by the early bird."

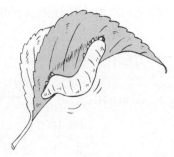

「蟲為什麼睡過頭？」

「因為牠不想被早起的鳥抓到。」

008 **blood** [blʌd] 名 血

(a) *Blood is thicker than water.* 血濃於水。

Blood is thicker than water and much more difficult to get out of the carpet.

血濃於水，而且比水更難從地毯上清洗掉。

(b) *You can't get blood out of a stone.*
鐵石心腸哪有淚。

"I'm sorry, old man, but I haven't a cent. And you know you can't **get blood out of a stone**."

"Yeah. But what makes you think you're a stone?"

「老頭，很抱歉，我一分錢也沒有。而且你知道的，跟石頭是要不到血的。」

「是沒錯，可是你怎麼會覺得自己是石頭呢？」

009 **book** [bʊk] 名 書 動 登記

(a) *You can't judge (tell) a book by its cover.*
人不可貌相。

Two policemen spot a car driven by a man in a convict's outfit. They pulled him over and made an arrest. At the station, however, the cops discovered that he is a distinguished court official on his way to a costume ball.

Moral: Never book a judge by his cover.

　　兩個警察認出了一部車子裡的駕駛者穿著囚衣。他們攔下車子，逮捕了駕駛人。結果在警察局時，警察發現他是一個傑出的法官，正在去參加化裝舞會的路上。

　　寓意：不要以貌取人，而把法官也找去備案了。

○「Never judge a book by his cover.」（不要光靠書皮就判斷一本書的好壞。）這是把諺語中的「judge」和「book」對調，而聯想出來的情節。

010 **boy** [bɔɪ] 名 男孩

ⓐ *Boys will be boys.* 男孩就是男孩。

Boys will be noise.

男孩就是噪音。

○原本的諺語意指「男孩子就是這樣，喜歡惡作劇吵吵鬧鬧」，這裡引申為男孩子很聒噪。

011 **bread** [bred] 名 麵包

ⓐ *Man does not (can not) live by bread alone.*
人不能只靠麵包生活。

　　I'm a man who can live by bread alone. I can't even afford butter.

　　我是個可以只靠麵包過活的人，我連奶油都買不起。

○原本的諺語是出自新約聖經的《馬太福音》：「人

活著不是單靠食物，乃是靠神口裡所出的一切話」。
意指人除了物質需求之外，還要有精神糧食。

012 **brevity** [`brevəti] 名 簡潔

ⓐ *Brevity is the soul of wit.* 要言不繁。

◆ Brevity: the soul of lingerie.　簡潔：內衣的精神
◆ Levity is the soul of wit.　輕浮，是機智的精髓。

⚪ 這是 brevity 和 levity 的諧音。意指機智的話，需
要幽默感才能理解，太拘謹的人反而無法理解機智
的奧妙。

013 **bygone** [`baɪɡɑːn] 名 過去的人、事

ⓐ *Let bygones be bygones.* 既往不咎。

Teacher: Does anyone in the class have a favorite saying?

Angela : Yes, I do.

Teacher: What is it?

Angela : **Let bygones be bygones**.

Teacher: That's an interesting choice. Why did you choose it?

Angela : Because if we all took notice of it we wouldn't have to have anymore history lesson.

老　師：班上有沒有人有特別喜歡的諺語呢？

安琪拉：我有。

老　師：是什麼諺語？

安琪拉：既往不咎。

老　師：這諺語很有趣。為什麼喜歡這一句呢？

安琪拉：因為如果我們都遵行這個諺語，就不用再上歷
　　　　史課了。

014 cake [keɪk] 名 蛋糕

a *You cannot have your cake and eat it too.*
魚與熊掌不可兼得。

A young air force cadet managed to get himself engaged to two attractive girls at one and the same time. One was called Edith, and the other was called Kate.

Unfortunately for the cadet, the two girls met, discovered his two-timing ways, and confronted him, crying, **"You can't have your Kate and Edith, too!"**

一個年輕的空軍軍官想要同時和兩個有魅力的女孩訂婚，她們一個名叫艾笛絲，一個叫凱特。不巧的是，她們撞見了彼此，而發現他腳踏兩條船。她們就跑去找他，哭著說：「你不能同時要凱特又要艾笛絲！」

● 這是 cake 和 Kate，eat it 和 Edith 的諧音。原來諺語的意思是「二者不可兼得」。

015 cart [kɑːrt] 名 馬車

(a) *Don't put the cart before the horse.* 勿本末倒置。

◆ I am therefore I think. Is this putting **Descartes** before the horse?

我在故我思。這樣是把笛卡兒放到馬前面嗎?

○ 原本的諺語是「不要把馬車放到馬前面」,指勿本末倒置。笛卡兒(Rene Descartes, 1596-1650)的名言是「I think therefore I am.」(我思故我在),現在把名言倒過來,所以說是把 Descartes(諧音 the cart)放到馬前面。

◆ Drunken Driver: The motorist who puts the **quart** before the **hearse**.

酒醉駕駛:把容器放在靈車前面的駕駛。

○ 這是 cart 和 quart,horse 和 hearse 的雙關語。

016 cat [kæt] 名 貓

Disc 3 10

(a) *A cat has nine lives.* 貓有九條命。

◆ **Psychiatrist** : When did you fist notice you were a cat, Mrs. Huggson?

Mrs. Huggson: Oh, in about my fifth or sixth life.

精神科醫生：胡格森太太，妳什麼時候發現妳是一隻貓的？

胡格森太太：喔，在我第五或第六條命的時候。

◆ Plutarch was a Greek biographer who had made more lives than a cat. 普魯塔克是一位希臘的傳記作家，他寫的傳記比貓還多。（註：命）

○ lives 有「生命」和「傳記」的意思。普魯塔克（Plutarch, 46?-? 120）是古希臘的哲學家、傳記作家。以 *Parallel Lives* 一書著稱。

ⓑ *Curiosity killed the cat.* 好奇心殺死一隻貓。

Curiosity killed the cat, but for a while I was a suspect. 好奇心殺死了那隻貓，不過我被當成了嫌疑犯一陣子。

○ 意指好奇心才是凶手，但我卻被懷疑了。原來的諺語是勸人好奇心要適可而止。

⓱ charity [ˈtʃɛrəti] 名 善舉、慈善

ⓐ *Charity begins at home.* 百善家為先。

Charity: a thing that begins at home and usually stays there.

善行：始於家，往往也止於家。

◎ 原本的諺語在於表達基督教友愛鄰人的精神。

⓸⓲ chicken [ˋtʃɪkɪn] 名 小雞；膽小鬼

ⓐ *Don't count your chickens before they are hatched.* 勿打如意算盤。

◆ Don't count your checks before they are cashed.
在兌現之前，不要數你的支票。

◎ 這是 chickens 和 checks 的諧音。

◆ A king ordered the head of several of his counts chopped off because they refused to reveal where they had buried their treasures. As the axes began falling, one count decided to change his mind, but it was too late.

Moral: Don't hatchet your counts before they chicken.

一個國王下令將七個伯爵斬首，因為他們拒絕透露寶藏的埋藏地點。當斧頭落下時，有一個伯爵改變了主意，不過已經太遲了。

寓意：在伯爵退縮之前，不要斬首伯爵。

◎ count 有「計算」和「伯爵」的意思，chicken 有「小雞」和「膽小鬼」之意，hatched（孵出）和 hatchet（斧頭）發音相近。

(019) child [ˋtʃaɪld] 名 孩子

(a) *It is a wise child that knows its own father.*
能知其父者，是智子。

◆ It's a wise child that **owes** its own father.
聰明的孩子，懂得欠自己的爸爸。

◆ It is a wise father that knows his own child.
只有聰明的父親，才知道那是不是自己的孩子。

○ 意指只有母親才知道孩子的父親是誰，而父親並不知道是不是自己的親生骨肉。

(b) *Children should be seen and not heard.*
小孩子有耳無嘴。

◆ Children should be seen and not **had**.
照顧小孩，而不視小孩為自己所有。

◆ Soup should be seen and not heard.
喝湯時不要發出聲音。

◆ Drive carefully. Children should be seen and not **hurt**.
開車小心，注意孩子的安全。

(020) cleanliness [ˋklɛnlinəs] 名 清潔

(a) *Cleanliness is next to godliness.* 清淨近乎神聖。

The teacher asked her puppies, "Cleanliness is next to—what?"

"Impossible!" answered little Arnold.

老師問小朋友說：「清淨近乎什麼？」

小阿諾說：「不可能！」

○ Arnold 認為要男生愛乾淨幾乎是不可能的事。諺語原指聖潔不分家，若能做到潔淨，那離神聖也不算太遠了。next to impossible 是「幾乎不可能」。

021 **clothes** [kloʊðz] 名 衣服

a *Clothes make the man.* 人要衣裝。

Clothes often fake the man.

衣服是人的偽裝。

○ 這是 make 和 fake 的諧音。也有「Clothes don't makes the man.」（衣裳成就不了人，重要的是內在）這句諺語。

022 **cloud** [kloʊd] 名 雲

a *Every cloud has a silver lining.*
塞翁失馬，焉知非福。

To a pickpocket, every crowd has a silver lining.

對扒手來說，有人群就有（偷竊的）希望。

○ 這是 cloud 和 crowd（聚集）的諧音。原本的諺語是「每個雲朵都會有銀色的內裡」，意喻不好的事情也都有它好的一面。

023 company [ˈkʌmpənɪ] 名 公司、夥伴

a *A man is known by the company he keeps.*
觀其友，知其人。

◆ Industrialist: one known by the company he keeps.
實業家：觀其公司而知其人。

○ 這裡的「company」可指實業家的公司，也可指朋友。

◆ A man is known by the company he avoids.
看一個人避免交什麼樣的朋友，就知道他是什麼樣的人。

○「keep」和「avoid」是反義字。

b *Two is company, (but) three is a crowd.*
兩人為伴，三人不歡。

◆ Two's company, and three's a divorce.
兩人行恰恰好，三人行會離婚。

◆ Two's company, three's the result.
兩人結伴，結果會變三個人。

○ 意指感情很好的兩人，會有愛的結晶。

024 **cook** [kʊk] 名 廚師

(a) *Too many cooks spoil the broth.* 人多礙事。

A textile factory lost a considerable amount of its stock during a recent flood. The reason: too many brooks spoil the cloth.

在一次洪水中，一家紡織品工廠存貨損失嚴重，因為水多會弄壞布。

○ 這是 cooks 和 brooks、broth 和 cloth 的諧音。

025 **crime** [kraɪm] 名 罪

(a) *Crime doesn't pay.* 犯罪是不值得的。

"Why did the cleaning woman stop cleaning?"
"Because she found grime doesn't pay."

「為什麼清潔婦不再打掃了呢？」
「因為她發現污垢是不值得的。」

○ 這是 crime 和 grime 的諧音。

12 Disc 3 026 **do** [du] 動 做

(a) *Do unto others as you would have them do unto you.* 己所欲，施於人。

Lobby sign in high-rise apartment house: "Do Under Others As You Would Have Them Do Under You"

　　高樓大廈的大廳標示：「在別人樓下時，就做你希望別人在你樓下時做的事」。

○ 這是 unto 和 under 的諧音。告示是要提醒高樓的住戶保持安靜。原本的諺語被稱為 golden rule（金科玉律），出自新約聖經。

027 dog [dɑːg] 名 狗

a *A barking dog never bites.* 會叫的狗不咬人。

A barking dog never bites—while barking.

會叫的狗，在叫的時候不咬人。

○ 指狗在叫的時候，沒有嘴巴可以咬人。

b *Every dog has his day.* 狗有走運時。

Every dogma must have its day.

任何教義都有風行的時候。

○ 這是 dog 和 dogma 的諧音。dogma 音似 dog's ma（狗媽媽），可聯想為「狗媽媽也有過好日子的時候」。

028 ear [ɪr] 名 耳朵

a *Walls have ears.* 隔牆有耳。

"Why should you never tell secrets in a vegetable garden?"

"Because **the corns have ears**."

「為什麼千萬不要在蔬菜園講秘密？」

「因為玉米有耳朵。」

◎ ear 是「耳朵」，亦有「穗」之意。

029 **early** [ˋɜːli] 形 早的

(a) *Early to bed and early to rise makes a man healthy, wealthy, and wise.*
早睡早起，使人健康、富有、聰明。

Early to rise and early to bed makes a man healthy, wealthy, and dead.

早睡早起，使人健康、富有、死亡。

◎ 原句是 18 世紀美國政治家和科學家富蘭克林之名言。原句的 rise 和 wise 諧音，引申句的 bed 和 dead 諧音。

030 **eat** [iːt] 動 吃

(a) *Eat, drink, and be merry, for tomorrow you may die.* 今朝有酒今朝醉。

Eat, drink, and be merry, for tomorrow you diet!

吃吧，喝吧，快活吧，因為明天就得節食！

◎ 這是 die 和 diet 的諧音。

031 **egg** [eg] 名 蛋

a *Don't put all your eggs in one basket.*
別把蛋都放在同一個籃子裡。

She was a very confused bride. She found that she had put all her eggs in one biscuit.

她是個糊塗新娘，她發現她把所有的蛋都打到一個煎餅裡了。

○ 這是 basket 和 biscuit 的諧音。英國的 biscuit 是餅乾，美國的 biscuit 則是指煎軟的熱圓薄餅。原諺語是指不要孤注一擲，應該分散風險才保險。

032 **exception** [ɪk`sepʃən] 名 例外

a *The exception proves the rule.* 規則皆有例外。

Exceptions always outnumber the rules.

例外總是比規則多。

○ exception 和 rule（規則）是反義字。

033 **fair** [fer] 名 美人

a *None but the brave deserves the fair.*
英雄配美人。

◆ "Why should a taxi driver be a brave man?"

"Because they say 'only the brave man deserves the **fare**.'"

「為什麼計程車司機都很勇敢？」

「因為他們說：『只有勇者才能得到車費』。」

◆ None but the brave deserves **affairs**.

只有勇敢的人才能有外遇。

○ 這是 the fair 和 affair 的諧音。affair 在這裡指的是 love affair（外遇、韻事）。

034 **familiarity** [fə͵mɪliˈærəti] 名 熟悉

ⓐ *Familiarity breeds contempt.* 親近生侮慢。

Familiarity breeds.

親近會繁殖。

○ 將原本的諺語斷章取義。原本諺語的重點是「即使是親近的人，還是要有禮貌」。

035 **fool** [fuːl] 名 傻瓜

ⓐ *A fool and his money are soon parted.* 蠢人不留錢。

◆ A fool and his father's money are soon parted.

笨蛋留不住家產。

◆ A fool and his **Monet** are soon parted.

笨蛋留不住莫內的畫作。

◉ 這是 money 和 Monet 的諧音。意指笨蛋不懂畫的價值，而把它賤賣掉。莫內（Claude Monet, 1840-1926），法國畫家，印象派的始祖。

◆ A horse farm made it a habit to bottle-feed its colts when they were only a few days old.
Hence: **A foal and his mommy are soon parted.**

有個馬場，那裡的習慣是在小馬出生幾天後，就用瓶子餵食。

因此，小馬和馬媽媽很快就分開了。

◉ 這是 fool 和 foal（剛出生的小馬）、money 和 mommy 的諧音。

b *Fools rush in where angels fear to tread.*
天使不敢涉足之處，愚者莽撞而至。

Fools rush in where bachelors fear to **wed**.
單身漢不敢結婚，愚者莽撞結之。

◉ 原本的諺語有「君子不近危」之意。

c *There's no fool like an old fool.*
老糊塗，最糊塗。

In these days of increasing oil shortages, many home-owners are reverting to using coal, recognizing that **there's no fuel like an old fuel.**

近來油料短缺，許多持家人又回頭去用煤，因為他們知道，沒有燃料比得上老燃料。

○ 這是 fool 和 fuel 的雙關語。

036 **friend** [frend] 名 朋友

Disc 3 *14*

a *A friend in need is a friend indeed.*
患難見真情。

◆ Money: A friend in need,
and a friend indeed.

錢：患難時的朋友，
也是真正的朋友。

◆ A friend in need is a
friend to feed.

有難的朋友，就是需
要被養的朋友。

○ 原本諺語的 a friend in need 是指「及時伸出援手的朋友」，而這裡的 in need 是指朋友有需要。

037 **glass** [glæs] 名 玻璃

a *People who live in glass houses shouldn't throw stones.* 別拿石頭砸自己的腳。

◆ People who live in stone houses shouldn't throw glasses. 住在石屋裡面的人，不應該丟玻璃。

○ 把 glass 和 stone 兩者位置互換。原諺語是指「內心有隱疾的人，不要輕易論斷別人」。

◆ People who live in glass house shouldn't live within a stone's throw of one another.

　　住玻璃房子的人，不宜住在他人扔石頭可及的範圍之內。

● a stone's throw 是「扔石頭可達到的距離、近距離」的意思。with a stone's throw 指「就在……附近」。

038 **glitter** [ˋglɪtɚ] 動 閃爍

ⓐ *All that glitters is not gold.*
　金玉其外，未必皆善。

With a display of leftover Christmas decorations:
All that glitters was not sold.

　　把剩下的聖誕節裝飾品拿出來展示：會發光的不一定賣得掉。

● 這是 **gold** 和 sold 的諧音。

039 **good** [gʊd] 形 好的

ⓐ *The good die young.* 天妒英才。

A joke is proof that the good don't die young.
笑話，是天不妒英才的例證。

● 好的笑話往往能流傳久遠，所以是「天妒英才」這句諺語的反證。原諺語也可以說「Those whom the gods love die young.」。

040 **grass** [græs] 名 草

> *(a) The grass is always greener on the other side of the fence.* 外國的月亮比較圓。

An Arctic explorer is a man who believes the snow is whiter on the other side.

北極探測者，就是相信外國的雪比較白的人。

041 **haste** [heɪst] 名 匆忙

> *(a) More haste, less speed.* 欲速則不達。

The more waist, the less speed.

腰越粗，速度越慢。

○ 這是 haste 和 waist 的諧音。指人太胖就不夠靈活。

042 **hay** [heɪ] 名 稻草

> *(a) Make hay while the sun shines.* 打鐵趁熱。

"What does your son do?"

"He's a bootblack in the city."

"Oh, I see, you make hay while the son shines."

「你兒子從事哪一行？」

「他在城裡幫忙擦鞋子。」

「噢，我知道了，你趁兒子閃耀的時候曬稻草。」

● 這是 son 和 sun 的諧音，而 shine 也有「閃耀」和「擦亮」的意思。

043 head [hed] 名 頭

> **a** *Two heads are better than one.*
> 三個臭皮匠，勝過一個諸葛亮。

"Why did the dumb parents name both of their sons Ed?"

"Because they heard that two Eds are better than one."

「為什麼這一對啞巴父母，把他們兩個兒子都叫做艾德？」「因為他們聽說，兩個艾德勝過一個艾德。」

● 這是 heads 和 Eds 的諧音。倫敦東區口音、倫敦佬（cockney）常不發 head 的 h，而說成 ed。

044 hero [`hɪroʊ] 名 英雄

> **a** *No man is a hero to his valet.*
> 僕從眼中無英雄。

No man is a hero to his wallet.

對皮夾來說，沒有一個主人是英雄。

○ 這是 valet 和 wallet 的諧音。原諺語是指,外表再偉大的人,在他身邊的人看來就跟普通人沒什麼兩樣。

045 **history** [ˋhɪstrɪ] 名 歷史

ⓐ *History repeats itself.* 歷史會重演。

History does not repeat itself; historians repeat each other.

歷史不重演,但歷史學家會互相抄襲。

○ 歷史學家互相抄襲,讓人聯想到「不經查證而盲目地引經據典」。

046 **home** [hoʊm] 名 家

16 Disc 3

ⓐ *(Be it ever so humble,) There is no place like home.* 金窩銀窩,不如自己的狗窩。

◆ Song of the hive: "(Be it ever so humble,) There's no place like **comb**."

蜂巢之歌:再怎麼老舊,也沒有地方比得上蜂巢。

◆ There is no **police** like **Holmes**.

沒有一個警察比得上福爾摩斯。

○ 這是 place 和 police、home 和 Holmes 的諧音。Holmes 是名偵探福爾摩斯（Sherlock Holmes）。這句俏皮話的作者是愛爾蘭的作家兼詩人，詹姆斯・喬伊斯（James Joyce, 1882-1941）。

b *Home is where the heart is.*
家就是有心的地方。

Home is where the hearth is.
家就是有壁爐的地方。

○ 這是 heart 和 hearth 的諧音。hearth 是在壁爐前用石頭或磚塊鋪成的地板部分，也是家人團圓的象徵。

047 **honesty** [ˋɑːnəsti] 名 誠實

a *Honesty is the best policy.* 誠實為上策。

Honesty is the best policy, but not the best politics.
誠實為上策，但不是最好的政治。

○ 這是 policy 和 polities 的諧音。意指誠實雖為上策，但從政總免不了要說謊。

048 **horse** [hɔːrs] 名 馬

a *Don't change horses in mid-stream.*
臨陣勿換將。

One of the first things you learn from a baby is that you should never change nappies in mid-stream.

你從嬰兒那裡學到的第一件事，就是不要在他尿到一半時換尿布。

◎ 諺語的原本意思是，做任何改變之前，應該先選擇適當的時機和場所。

(b) *You can lead (take) a horse to the water, but you cannot make him drink.*
你可以帶馬去水邊，但你無法讓牠喝水。

You can lead a young person to college, but you cannot make him think.

你可以帶年輕人去上大學，但你無法讓他思考。

◎ 這是 drink 和 think 的諧音。意指大學越來越容易進入，但學生越來越少思考了。

049 **human** [ˋhjuːmən] 名 人類

(a) *To err is human (, to forgive, divine).*
人非聖賢，孰能無過。

To err is humor.
犯錯是幽默。

◎ 這是 humor（幽默）和 human 的諧音。原諺語出自英國詩人波普（Alexander Pope, 1688-1744）。

050 ignorance [ˋɪgnərəns] 名 無知

ⓐ *Ignorance is bliss.* 無知即幸福。

◆ Where ignorance is bliss, it is folly to take an intelligence test.

當無知是種幸福時，去考智力測驗是愚蠢的。

◆ When it comes to getting a suntan, ignorance is blister.

作日光浴的時候，無知會導致水泡。

○ 這是 bliss 和 blister 的諧音，如果沒有意識到太陽在曬，就會曬到起水泡。原本的諺語是出自 18 世紀英國詩人湯瑪斯·格雷（Thomas Gray, 1716-71）的詩的第一行「Where ignorance is bliss, 'tis folly to be wise.」（無知即是幸福，睿智是愚蠢的）。

17 Disc 3 051 iron [ˋaɪrn] 名 鐵

ⓐ *Strike while the iron is hot.* 打鐵趁熱。

Five hundred men walked out of a steel mill while it was still in operation. The union spokesman said they had to **strike while the iron was hot**.

鐵工廠裡，有五百個人在上班時間罷工。聯合發言人說，他們要在鐵還熱時罷工。

○ strike 有「打」和「罷工」的意思。原諺語是「把握良機」的意思。walk out 是「罷工」。

052 **late** [leɪt] 形 晚的

(a) *Better late than never.* 亡羊補牢，猶未晚矣。

Proud of their eggs,
farmers have been known to
boast "Better laid than ever!"

農夫對自己的蛋很引以為
傲，總是吹噓：「從沒有下蛋
下得這麼好過！」

○ 這是 late 和 laid、never 和 ever 的諧音。

053 **laugh** [læf] 動 笑

(a) *He who laughs last, laughs best.*
最後笑的人，笑得最得意。

He who laughs, lasts—if the boss is telling the joke.
如果老闆講笑話，誰笑，誰就能做下去。

○ last 有「最後」和「持續」的意思。此句意指上司說的笑話再怎麼不好笑也要笑，原本的諺語是「別高興太早」。

054 life [laɪf] 名 生命

> *Where there is life, there is hope.*
> 留得青山在，不怕沒柴燒。

◆ Where there's life insurance, there's hope.
只要有人壽保險，就有希望。

◆ "Ah well," said the painter, preparing a fresh canvas, "while there's still life, there's hope."

畫家邊準備新的畫布，邊說：「噢，好吧，<u>只要有靜物畫</u>，就有希望。」（註：只要還有生命）

○ still 有「仍然、還有」和「靜止」的意思。still life 是「靜物畫」。

055 little [ˈlɪt!] 名 少量

> *Every little helps.* 積少成多。

Andy: When I die, I'm going to leave my brain for scientists.

Zak : Well, every little helps.

安迪：我死了以後，我要把腦子留給科學家。

薩克：嗯，積少成多囉。

○ 暗指雖然安迪的腦子不是很管用，但聊勝於無。

056 **loaf** [lͻuf] 動 閒晃　名 一條麵包

18 Disc 3

a *Half a loaf is better than none (no bread).*
聊勝於無。

A woman who is married to a chap who loafs half the time has decided not to divorce him because **half a loafer is better than none.**

一個女人嫁給一個遊手好閒的男人，但這個女人決定不離婚，因為沒魚蝦也好。

○ loaf有「一條麵包」和「遊手好閒」的意思，loafer 是閒晃者。本句也是 loaf 和 loafer 的雙關語。

057 **look** [lʊk] 動 看

a *Look before you leap.* 三思而後行。

◆ The control tower at a large airport radioed to a pilot that he had a hole in the bottom of his fuel tank and that he was to fly upside down to prevent it from spilling. "Hurry up!" the message warned. "**Loop before you leak!**"

一座大機場的控制塔呼叫一位飛行員，說他的油料箱底部有破洞，所以必須倒著飛，才不會漏油。警告訊息說：「快點！在漏油之前迴旋！」

○ 這是 loop 和 look、leap 和 leak 的諧音。

058 love [lʌv] 名 愛

a *Love is blind.* 愛是盲目的。

"The ring is nice," she said hesitantly, "but it's small, darling."

"So what?" he tried to overcome it. "After all, we are in love and you know the old saying—'Love is blind.'"

"Yes, but not stone-blind."

女人支吾地說：「這戒指是很漂亮，只是它好小喔，親愛的。」

男人打圓場說：「那有什麼關係？畢竟我們在戀愛，而妳知道那句老諺語的——『愛是盲目的』。」

「是沒錯啦，不過又不是全盲的。」

○ stone-blind 有「全盲的」的意思，在此 stone 有呼應珠寶的妙趣。另外還有一句諺語是「Love is blind. Marriage is a eye-opener.」（愛是盲目的，婚姻是清醒的）。

b *Love me, love my dog.* 愛屋及烏

"Love me, love my **doggerel**," said the poet to his lady.

「愛我，就愛我的打油詩。」詩人對女友說。

c *The course of true love never did run smooth.*
真愛之路多波折。

◆ The course of **two** loves never does run smooth.
腳踏兩條船，走得不平安。

d *'Tis better to have loved and lost, than never to have loved at all.*
愛過爾後而失去，勝過從來沒有愛過。

It's better to have loved a short girl than never to have loved **a tall**.

愛一個矮個子女生，勝過於從來沒有愛過一個高個子女生。

059 **marry** [ˋmærɪ] 動 結婚

a *Marry in haste and repent at leisure.*
匆匆結婚，慢慢後悔。

Modern version: Marry in haste, repeat at pleasure.
現代版：匆匆結婚，高高興興地一結再結。

○ 這是 repent 和 repeat、leisure 和 pleasure 的諧音。指現代人將婚姻當兒戲，一而再、再而三地匆匆結婚又離婚。

060 meat [miːt] 名 肉

ⓐ *One man's meat is another man's poison.*
人各有所好。

◆ One woman's poise is another woman's poison.
東施效顰。

◆ Evolution: One man's meat is another man's croquette.
進化：某人的盤中肉，是另一個人的肉餅。

○ 指把客人吃剩的肉剁碎做成肉餅給另一個人吃，所以是一種進化。

061 men [men] 名 人、男人的複數

ⓐ *All men are created equal.* 人生而平等。

◆ All men are cremated equal.
人人死而平等。

○ 這是 create（創造）和 cremate（火葬）的諧音。原本的句子出自於美國的獨立宣言（*the Declaration of Independence*）。

◆ American symbol of democracy: "All men are created eagle."
美國民主象徵：「人人生來都是老鷹。」

○ 這是 eagle（老鷹）和 equal（平等）的諧音。bald eagle（禿鷹）是美國的國徽，也是貨幣上的圖案。

062 **milk** [mɪlk] 名 牛奶

a *It is no use crying over spilt milk.* 覆水難收。

A cat is an animal that never cries over spilt milk.

貓，是一種打翻牛奶也不會哭的動物。

○ 指牛奶灑出來，貓高興都來不及了，怎麼會哭。

063 **money** [ˋmʌni] 名 錢

a *Money talks.* 有錢能使鬼推磨。

◆ Money talks . . . but just to say goodbye.

錢會說話，但它只說「再見」。

◆ Inflation is so bad these days that money doesn't really talk, it just goes without saying. 通貨膨脹情況嚴重，所以錢不講話，只是無聲地消失。

○ 「it goes without saying that . . .」是慣用語，指「不言而喻」，現在則照字面上解釋，當成「什麼也沒說就走了」。

b *Money makes the mare (to) go.* 有錢能使鬼推磨。

Money makes the **mayor** go.

有錢能讓市長走。

c *The love of money is the root of all evil.*
貪財是萬惡之淵藪。

The love of evil is the root of all money.
對罪惡的喜好，是金錢的根源。

○ 把 evil 和 money 的位置對換。

d *Money does not grow on trees.* 錢不長在樹上。

The reason money doesn't grow on trees is that banks own all the branches.
錢不長在樹上，是因為樹枝都歸銀行管。

○ 這是 branch「樹枝」和「分店」的雙關語。因為 branch（分店）都是銀行的，所以錢就不能長在 branch（樹枝）上。

064 **necessity** [nə`sesəti] 名 需要

a *Necessity is the mother of invention.*
需要是發明之母。

◆ Necessity is the mother of convention.
需要是習俗之母。

○ 這是 invention 和 convention 的諧音。意指習俗的產生，是因為有其必要。

◆ Obesity is the mother of invention.
肥胖是發明之母。

○ 這是 necessity 和 obesity 的諧音。例如汽車，是為肥胖走不動的人所發明的。

◆ "Speaking of inventions—did you know that most inventors create their products for homemakers with children?"

"Is that so?"

"Yes. You might say Mother is the necessity of invention."

「說到發明，你知道大部分的發明家，都是為有小孩的家庭主婦發明東西的嗎？」

「真的嗎？」

「對呀，你可以說，媽媽創造了發明的需求。」

○ 把 necessity 和 mother 的位置交換。

065 **news** [njuːz] 名 新聞；消息

ⓐ *No news is good news.* 沒有消息就是好消息。

◆ No nukes is good nukes.

沒有核子武器，就是好的核子武器。

◆ **Murderer (Pardoned): No noose is good noose.**

被赦免的兇手：沒有絞索就是好的絞刑。

○ 這是 news 和 noose（絞刑用的繩索、絞刑）的諧音。

20
Disc 3

066 **omelet** [ˋɑːmlət] 名 蛋捲

a *You cannot make an omelet without breaking eggs.* 要做蛋捲就得打破蛋。

I wouldn't say my wife is a bad cook—but she's the only woman I know who can make an omelet without breaking eggs.

我不會說我太太菜煮得很糟糕，不過她是我唯一知道能夠不用打破蛋就做蛋捲的女人。

○ 意指太太總是煮冷凍食品。原本的諺語的意思是「為達目的必須付出代價」。

067 **opportunity** [ˌɑːpəˋtjuːnəti] 名 機會

a *Opportunity never knocks twice (at any man's door).* 機會不待人。

◆ When opportunity knocks at the door, most people are out in the backyard looking for four-leaf clovers.
當機會來敲門時，大部分的人都出門去，在後院找四葉的幸運草。

○ 意指跑去找能帶來幸運的四葉草，結果反而錯過好機會。

◆ Opportunity knocks only once but temptation bangs on the door for years.

機會只敲一次門，但是誘惑會猛敲門好幾年。

○ knock 和 bang（猛擊）是相關字。本句指機會稍縱即逝，但是誘惑卻揮之不去。

◆ Knock, knock.　　　　　　　叩，叩。

Who's there?　　　　　　　是誰？

Opportunity.　　　　　　　是機運。

Don't be silly.　　　　　　　別傻了，

Opportunity only knocks once.　機運只會敲一次門。

○ 意指好運或機會通常只有一次。

068 **pearl** [pɜːl] 名 珍珠

ⓐ *Do not cast (throw) pearls before swine.*
勿對牛彈琴。

"So you are the new girl," said the young smart aleck to the new waitress in a hotel. "What shall we call you?"

"Pearl, sir."

"A Pearl of Great Price?"

"No, sir, a Pearl cast before swine."

一個臭屁的年輕人對旅館新來的女服務生說：「所以妳是新來的女生囉。我怎麼稱呼妳？」

「叫我珍珠，先生。」

「名貴的珍珠嗎？」

「不，是豬玀面前的珍珠。」

○ 說自己是豬面前的珍珠，暗指對方是豬。smart aleck 是「自以為是的人」。

069 pen [pen] 名 筆

> ⒜ *The pen is mightier than the sword.*
> 筆誅勝於劍伐。

◆ The **pension** is mightier than the sword.

年金比劍更有力。

◆ The **pun** is mightier than the sword.

雙關語比劍更有力。

◆ Capital **punishment** is the belief that the sword is mightier than the pen.

主張死刑的信念，是劍伐勝於筆誅。

○ 原本的諺語是「文勝於武，筆誅勝於劍伐」，這裡則變成，執行死刑是因為相信劍伐勝於筆誅。

070 port [pɔːrt] 名 港口

⒜ *Any port in a storm.* 避風不擇港。

Despite a violent downpour, the speaker managed to arrive at a banquet only an hour or so late. He was promptly served a glass of extremely bad wine. Downing it with a great distaste, he sighed and muttered, "Oh, well, **any port in a storm!**"

雖然大風大雨，有個人還是設法去參加一場晚宴，而且只遲到了一個小時左右。有人立刻遞給他一杯劣質的酒。他不甘願地喝下酒，嘆了口氣嘟噥道：「哎，好吧，避風不擇港了。」

◎ 這是 port「港口」和「波多葡萄酒」的諧音。指管它是什麼樣的波多葡萄酒，有得喝就不錯了。

(071) **practice** [`præktɪs] 名 練習

ⓐ *Practice makes perfect.* 熟能生巧。

◆ **Teacher**: Johnny, how can you be such a perfect idiot?

Johnny: I practice a lot.

老師：強尼，你怎麼會笨成這樣？

強尼：因為我常常練習呀。

◎ 如果把笨也當成一種技能的話，原本就笨的人，越練習就越笨了。

◆ In music, practice makes perfect—nuisances.

就音樂來說，練習，會讓自己變成一個百分之百的顧人怨。

○ 指一直練習卻演奏不好，會造成眾人的困擾。a perfect nuisance 是「頭痛人物」。

(072) **pudding** [`pʊdɪŋ] 名 布丁

ⓐ *The proof of the pudding is in the eating.*
布丁的好壞，不嚐不知。

The reproof of the pudding is in the repeating.

吃完布丁後的打嗝味道，就是布丁的控訴。

○ 這是 proof（證明）和 reproof（譴責）的諧音。原本的諺語，是「空談不如實踐」之意。

(073) **quarrel** [`kwɔːrəl] 名 爭吵

ⓐ *It takes two to make a quarrel.*
一個巴掌拍不響。

◆ It takes two to make a quarrel—and the same number to get married.

一個巴掌拍不響，結婚也是。

◆ "It takes two to make a quarrel."
"No, mother, you need four to play bridge."

「一個巴掌拍不響。」

「不，媽媽，要四個人才能打橋牌。」

○ 意指媽媽邊打橋牌邊吵架，雖然吵架要兩個人，但橋牌要四個人才能玩。

◆ It takes two to make a quarrel. And three to make it interesting.
兩個人才吵得起來，而三個人一起吵就更有趣了。

○ 意指兩人吵架時，如果和事佬又來加入，情況就會變得更有趣。

ⓄⓉ④ rain [reɪn] 名 雨

ⓐ *It never rains but it pours.* 屋漏偏逢連夜雨。

After being subjected to numerous speeches of welcome, Prince Philip is alleged to have remarked, "It never wanes but it bores."

菲利浦王子在接受數不清的歡迎致詞後，說道：「歡迎致詞總是又長、外加又臭。」

○ 這是 rains 和 wanes、pours 和 bores 的諧音語。原本的諺語是「禍不單行」的意思。

ⓄⓉ⑤ Rome [roʊm] 名 羅馬

ⓐ *All roads lead to Rome.* 條條大路通羅馬。

◆ To a romantic girl, all roads lead to Romeo.
對一個浪漫的女孩來說，條條大路通羅密歐。

◎ 這是 Rome 和 Romeo 的諧音。羅密歐是莎士比亞《羅密歐與茱麗葉》（*Romeo and Juliet*）中的男主角。因此，Romeo 也有「風流倜儻男性」之意。

◆ Gypsy: a person who believes that all roads lead to roam.　吉普賽人：相信條條大路通流浪的人。

◎ 這是 Rome 和 roam 的諧音。吉普賽人是流浪民族。

b *Rome was not built in a day.*
羅馬不是一天造成的。

◆ **Teacher**: Sam, when was Rome built?

Sam　: It was built during the night.

Teacher: The night! Where did you ever get such an idea?

Sam　: Well, everyone knows that Rome wasn't built in a day.

老師：山姆，羅馬是什麼時候造成的？

山姆：是晚上造成的。

老師：晚上！你怎麼會有這種想法呢？

山姆：嗯，因為每個人都知道羅馬不是白天造成的。

◎ 這是把 day「日、一天」和「白天」兩者的意思弄錯。

◆ Rome wasn't built in a day, because it was a government job.
羅馬不是一天造成的，因為那是政府做的工程。

○意指政府管理的公共事業，進度常常落後。

22
Disc 3 **076** sight [saɪt] 名 視野

a *Out of sight, out of mind.* 日久情疏。

There's a story of a computer ordered to translate a common English phrase into Russian and then translate the Russian translation back into English.
What went in was "Out of sight, out of mind."
What came out was "invisible insanity."

有個故事是說，有人用一部電腦把一個普通的英文詞句翻譯成俄文，再從俄文翻譯回去英文：進去的是「日久情疏」，而出來的是「看不見的精神錯亂」。

○ out of sight 是「在視野之外」，所以被翻譯成「看不見」。而 out of mind 是「忘記」，out of one's mind 則是「發瘋」，所以被翻譯成「精神錯亂」。

077 silence [ˋsaɪləns] 名 沈默

a *Silence is golden.* 沈默是金。

Silence is golden, especially the silence of some punsters.

沈默是金，尤其是某些愛說雙關語的人的沈默。

078 soldier [ˋsouldʒɚ] 名 士兵

a *Old soldiers never die; they just fade away.*
老兵不死，只是逐漸凋零。

Old mailmen never die; they just lose their zip.

老郵差不死，只是逐漸失去精力。

○ zip 有「郵遞區號」和「精力、活力」的意思。原諺語是出自韓戰（the Korean War, 1880-1972）時期，聯合國軍隊最高統帥麥克阿瑟（Douglas MacArthur, 1880-1972）被當時的美國總統杜魯門（Harry S. Truman, 1884-1972）解除職務時所發表的退職演說。

079 stitch [stɪtʃ] 名 針

a *A stitch in time saves nine.*
及時一針，省縫九針。

A subway inspector named Stein was examining the tracks one day when a train rushed toward him. Although he signaled with his red lantern for it to slow down, the train didn't reduce speed.

He barely made it to a recess in the wall just before the train raced by. Thus it was **a case where a niche in time saved Stein**.

有一天，一位名叫史坦因的鐵路視察員正在檢查軌道時，有輛火車向他衝過來。他用紅色的提燈打記號，希望火車慢下來，但火車並未減速。

　　最後，他在火車經過之前，因躲進牆壁的凹處而逃過一劫。這真所謂一個及時的壁龕救了史坦因。

　　◎ recess 和 nine 在這裡都是「靠牆壁的緊急避難所」的意思。

080 **stone** [stoʊn] 名 石頭

ⓐ *A rolling stone gathers no moss.* 滾石不生苔。

A bachelor is a rolling stone that has gathered no boss.

單身漢是滾動的石頭，不會有老闆。

◎ 這是 moss 和 boss 的諧音。原諺語指太常換工作，沒有定性，就不會有成就，而此句則指單身漢沒有老闆，這裡的老闆指的是老婆大人。

23 Disc 3 081 **succeed** [sək`siːd] 動 成功

ⓐ *If at first you don't succeed, try, try again.*
失敗為成功之母。

◆ If at first you don't succeed, cry, cry again.
如果你一開始就沒有成功，那就哭，哭吧。

◆ If at first you don't succeed—you're fired.
如果你一開始就沒有成功，那就會被炒魷魚。

◆ **If at first you don't succeed—so much for skydiving.**
如果第一次跳傘就不成功，那也就只能這樣了。

○ 因為跳傘如果失敗，會失去生命，就沒有下一次了。
so much for 的意思是「頂多如此了」。

082 **swallow** [ˋswɑːloʊ] 名 燕子　動 吞嚥

a *One swallow does not make a summer.*
一燕不成夏。

One swallow doesn't make a summer, but it breaks a New Year's resolution.
　一杯不成夏，只是會打破新年新希望。

○ 這裡的 swallow 是指喝一口酒，雖然無所謂，但是卻打破戒酒的新年新希望。

083 **time** [taɪm] 名 時間

a *Time is money.* 時間就是金錢。

◆ **Time is money, especially overtime.**
時間就是金錢，尤其是超時的工作時間。

○ 意指加班就是賺錢。

◆ **Professor**: Time is money: how do you prove it?

Student : Well, if you give twenty-five cents to a
couple of tramps, that is a quarter to two.

教授：你們要怎麼證明「時間就是金錢」？

學生：如果你把25分錢給兩個
流浪漢，那就等於把四
分之一元給兩個人。

（註：a quarter to two
也指差 15 分鐘就兩
點。）

○ quarter 可以指 25 分錢，也指
四分之一小時；two 可以指兩
個人，也指時間的兩點。

ⓑ *Never put off until tomorrow what you can
do today.* 今日事，今日畢。

Never do today what you can put off until tomorrow.
能拖則拖。

ⓒ *Time flies.* 光陰如梭。

"Why did the boy throw his alarm clock out of the
window?"

"He wanted to see if time flies."

「為什麼那個男孩把鬧鐘丟出窗外？」

「他想看時間會不會飛。」

d *Time is the great healer.* 時間能治療一切。

Time may be a great healer, but it's a lousy beautician.

時間也許是個很好的治療者，但卻是個很糟的美容師。

e *Time and tide wait for no man.*
時間和浪潮不等人。

Mom: Come on, Mike. Time waits for no man, you know.

Mike: Yes, it does, Mom.

Mom: What do you mean?

Mike: Well, when Dad and I were walking back from church last Sunday and we passed the bar on the corner, he said to me, "Wait here—I'll just stop a few minutes."

媽媽：來吧，麥克。時間不等人，這你是知道的。

麥克：它會等人的啦，媽媽。

媽媽：怎麼說？

麥克：我上星期日跟爸爸從教堂走路回來時，我們在轉角經過一間酒吧，爸爸跟我說：「你在這裡等一下，我停個幾分鐘就好了。」

○ 麥克以為「stop a few minutes」是把時間停下來幾分鐘的意思，其實是爸爸要進去花幾分鐘喝一杯。

084 **truth** [tru:θ] 名 事實

a *Truth is stranger than fiction.*
事實比小說更離奇。

A man was concerned over whether his new electric toothbrush would injure the enamel on his teeth. His worries were unfounded when he discovered that the **tooth is stronger than friction.**

有個男人很擔心他的新電動牙刷會不會傷害牙齒上的琺瑯質，而當他發現牙齒比摩擦強壯時，他的擔憂也就不存在了。

○ 這是 truth 和 tooth、fiction 和 friction 的諧音。

b *Truth will out.* 真相終將大白。

As the philosophical dentist said, "The tooth will out!"

有哲學家性格的的牙醫說：「牙齒終將出來！」

○ 這是 truth 和 tooth 的諧音。

085 **turn** [tɜːn] 名 行為

a *One good turn deserves another.* 善有善報。

◆ In 1936 President Franklin Delano Roosevelt was reelected because "one good term deserves another."

1936 年時，富蘭克林・德藍諾・羅斯福總統又再度連任，因為「一次任期做得好，就會有下一次。」

○ 這是 turn 和 term 的諧音。good turn 是「善意的行為」。羅斯福總統是美國史上唯一連任三次的總統。

◆As a farmer said when he put the new pail underneath the cow, "One good urn deserves an udder!"

農夫把新桶子放到牛下面時說：「一個好的桶子，就該配一個好的牛乳房。」

○ 這是 urn 和 turn、another 和 an udder 的諧音。

086 **variety** [və`raɪətɪ] 名 變化

Disc 3 24

a *Variety is the spice of life.*
變化，是生活中的香料。

Variety is the life of spies.
變化，是間諜的生活。

○ 這是 spice 和 spies 的諧音，並將 spice（spies）和 life 對調，指間諜總是生活在動盪之中。

087 **water** [`wɔːtə˞] 名 水

a *Still waters run deep.* 大智若愚。

Bennett Cerf tells of a man who poured pickle juice down a hill just to see if dill waters run steep.

班內特‧可夫說到，有一個人把鹽滷汁從山丘上往下倒，想看看香料的汁是否會流得很陡峭。

○ 這是 still 和 dill、deep 和 steep 的諧語。dill 是「蒔蘿」，一種香料。Bennett Cerf（1898-1971）是美國幽默作家。

088 will [wɪl] 名 意志

a *Where there's a will, there's a way.*
有志者事竟成。

◆ The proverb, "Where there's a will, there's a way." is now revised to "Where there's a bill we're away."
「有意志，就有出路。」這個格言，在今天已經變成「只要帳單一來，我們就不在家。」

◆ Where there is a will, there is a way if there is the money. 只要有意志，有錢就有出路。

○ 指有錢就好辦事。

◆ **English teacher**: Why was Shakespeare such a determined writer?

Alec : Because where there's a Will, there's a way, miss.

英文老師：為什麼莎士比亞這個作家，意志如此堅定？

愛 列 克：老師，因為有威爾，就有出路。

● 莎士比亞的全名是 William Shakespeare，William 又可暱稱為 Will。

089　work [wɜːk] 名 工作

ⓐ *All work and no play makes Jack a dull boy.*
一味用功不玩耍，聰明孩子變傻瓜。

"I'm discouraged. I might as well tear up my **play** and I've **worked** on it for four long years."

"That's the problem—all **work** and no **play**."

「我好沮喪喔。我還是把我已經寫了四年的劇本撕了算了。」

「這就是問題所在了——只工作，沒有娛樂。」

● 這句有 work 和 play 的雙重雙關語。work 有「作業」和「工作」的意思，play 有「遊戲」和「戲劇」的意思。

索引

A
B
C
D
E
F
G
H
I
J
K
L
M
N
O
P
Q
R
S
T
U
V
W
X
Y
Z

C

A
B
C
D
E
F
G
H
I
J
K
L
M
N
O
P
Q
R
S
T
U
V
W
X
Y
Z

D

E

A
B
C
D
E
F
G
H
I
J
K
L
M
N
O
P
Q
R
S
T
U
V
W
X
Y
Z

A
B
C
D
E
F
G
H
I
J
K
L
M
N
O
P
Q
R
S
T
U
V
W
X
Y
Z

A
B
C
D
E
F
G
H
I
J
K
L
M
N
O
P
Q
R
S
T
U
V
W
X
Y
Z

A
B
C
D
E
F
G
H
I
J
K
L
M
N
O
P
Q
R
S
T
U
V
W
X
Y
Z

A
B
C
D
E
F
G
H
I
J
K
L
M
N
O
P
Q
R
S
T
U
V
W
X
Y
Z